Emma Dorothy Eliza Nevitte Southworth

Der Zigeunerin Prophezeiung

Roman

Emma Dorothy Eliza Nevitte Southworth

Der Zigeunerin Prophezeiung
Roman

ISBN/EAN: 9783744658713

Hergestellt in Europa, USA, Kanada, Australien, Japan

Cover: Foto ©Andreas Hilbeck / pixelio.de

Weitere Bücher finden Sie auf **www.hansebooks.com**

Der Zigeunerin Prophezeiung.

Roman

von

Miß Southworth,

Verfasserin der „Falschen Prinzessin" ꝛc.

Aus dem Englischen

von

L. Rttern

I.

Leipzig,
Wolfgang Gerhard.
1865.

Erstes Capitel.

Es ist der Derby-Tag — der Carneval des protestantischen Englands, das Fest der Saturnalien der freigeborenen Briten; der Tag, an welchem das Dorf Epsom an Wichtigkeit alle Städte des Continentes überragt, wo London, Paris und Petersburg all' ihre Bedeutung verlieren, der Tag, an welchem Grooms wichtiger erscheinen als Monarchen, und den Pferden eine hervorragendere Stellung angewiesen wird, als den Menschen, wo alle socialen und nationalen Fragen vor der einen in den Hintergrund treten müssen:

Wer hat den Derby-Preis gewonnen?

Für diesen einen Tag ist Derby Alles und alles Uebrige nichts.

Die Haide von Epsom bietet bei dieser Gelegenheit einen Anblick dar, der eben so schwer zu beschreiben ist, als es für jene, welche nicht selbst Augenzeugen waren, schwer ist, sich davon eine richtige Vorstellung zu machen.

1*

Hier auf der Epsom-Haide und auf dem Hügel
sammelt sich eine Menschenmasse an, welche man
füglich für die Bevölkerung von ganz England zu
halten versucht sein könnte; so weit das freie und
das bewaffnete Auge reichen können, schweift der
Blick über ein wogendes Meer von Köpfen, welches
sich in weiter Ferne in ein Etwas auflöst, das die
hoch aufwirbelnden Staubwolken der daherjagenden
Wagen und dahersprengenden Reiter nicht mehr deut=
lich erkennen lassen.

Hier sind alle Gesellschafts-Abstufungen vertreten;
von jener des königlichen Hauses herab bis zu jener
des Bettlers, welcher lautlos sich durch die Menge
durchdrängt und heißhungrig über die Brosamen
herfällt, welche von dem Tische des Reichen ab=
fallen.

Der Hügel ist bedeckt mit Hunderten von Equi=
pagen, in welchen reich geputzte Damen und elegante
Herren, in eifrigster Unterhaltung begriffen, das
bevorstehende große Tagesereigniß besprechen. Die
ganze Haide vom Hügel bis an die Rennbahn wim=
melt von Wagen aller Art, von dem Brougham
des Gentleman bis zum elenden Karren des Krämers,
zwischen denen sich die schaulustige Menge im bunten
Gewühle durchdrängt.

An einer der Frontseiten auf dem Hügel und
zwischen zwei Wagen, mit Wappen geziert, stand ein
großer Wagen von älterer Façon, welcher aber für
diese Gelegenheit, wo man sich auch mit Speisevor=
räthen und Getränk versehen mußte, bei weitem

zweckmäßiger war, als alle anderen Fuhrwerke neueren Geschmackes.

In diesem Wagen war eine ganze Familie unter= gebracht, dem Anscheine nach bestehend aus einem Vater und vier hübschen Töchtern, in Wirklichkeit aber aus einem Junggesellen und seinen vier Nichten.

Drei von diesen Mädchen waren blond, etwas auffallend gekleidet, und lachten und schäkerten um die Wette.

Die Vierte war einfach gekleidet, schmächtiger und von etwas dunkler Gesichtsfarbe, sie saß auf dem Rücksitz neben ihrem Onkel, und während ihre Gefährtinnen sich den Eindrücken des Festes mit allem ihrem Alter zustehenden Frohsinne hingaben, betrachtete sie die Scene, welche sich um sie herum abspielte, mit einem ganz besondern Ernste.

Der alte Herr neben ihr wendete sich nun zu seiner schweigsamen Nachbarin und sagte:

„Nun, meine liebe Constanze, was hältst Du von unserem Derby=Rennen? Wie Du doch ernst bist! Ich will doch nicht hoffen, daß die alten ehr= baren Frauen in Brüssel in Dir die Lust rege ge= macht haben, eine Art von protestantischer Nonne zu werden. Du antwortest mir nicht? Sag' mir doch, was Du von diesem unserem Feste denkst?"

„Für die Reichen mag es wohl vielen Reiz haben," erwiderte Constanze, „aber für die Armen wird es ein bitteres Gefühl sein, zu sehen, wie so höchst ungleich — und ich sollte meinen, in vielen

Fällen auch höchst ungerecht — die irdischen Güter vertheilt sind."

Diese Bemerkung drängte sich ihr auf, als sie sah, wie eben ein paar zerlumpte, ausgehungerte Weiber, mit ganz kleinen Kindern auf dem Arm, die halb abgenagten Knochen auffuchten, welche aus einem der nebenan stehenden Wagen herausgeworfen worden waren.

Für Constanze, welche solche Contraste zu sehen nicht gewohnt war, hatte dieser Anblick etwas Herz= zerreißendes, und selbst der Oberst North, so hieß der alte Herr im Wagen, welcher doch derlei Scenen schon gar oft mit angesehen hatte, konnte sich ge= legentlich dieser Bemerkung einiger Rührung nicht entschlagen.

„Ja, mein liebes Kind," sagte er, „Du hast wohl nicht so unrecht, obgleich sich das trauriger an= sieht, als es an und für sich ist. Selbst diese armen Leute freuen sich dieses Tages. Sie bewundern all' diese Pracht und nehmen in ihrer Art auch Theil an der Freude dieses Festes. Wenn sie gleich die Knochen und Brosamen auffuchen, so fällt ihnen doch so manches Geldstück in den Schooß, auf welches sie an gewöhnlichen Tagen verzichten müßten. Aber Kinder, ich glaube, wir sollten unser zweites Frühstück einnehmen, bevor die Rennen beginnen — auf wen warten wir denn?"

„Auf Lord Starr und Capitän Starr, welche versprachen mit uns zu frühstücken," entgegnete die ältere Miß Horton.

„Ja richtig — freilich wohl! Aber wo bleiben denn diese Herren, haben sich wahrscheinlich zu sehr in ihre Wetten vertieft? Aber siehe da, da kommen sie schon. David! geschwind den Imbiß aufgetischt!"

David kam an den Wagen heran und hob einen großen Korb hinein, dessen Inhalt alsogleich von den jungen Damen ausgepackt wurde. Wir wollen hierauf bezüglich in keine näheren Details eingehen, es sei genug, wenn wir erwähnen, daß dabei nichts fehlte, um eine so hochgestellte Person, wie damals Lord Starr war, standesgemäß zu bewirthen.

Die Vorbereitungen zu diesem ländlichen Früh= stück waren kaum beendet, als zwei Herren an den Wagen traten und die Damen auf das freundlichste grüßten.

Der ältere der beiden Herren, ein großer, hübscher Mann von etwa fünfzig Jahren, wurde vom Obersten recht freundlich bewillkommt und Constanzen vor= gestellt.

„Lord Starr."

Der Lord verneigte sich.

Constanze erhob sich ein wenig und machte eben= falls eine leichte Verbeugung.

„Diese," fuhr der Oberst fort, „ist meiner Nichte Constanze erstes Debut in der Welt. Ich habe sie eben aus der Anstalt in Brüssel abgeholt, wo sie die letzten fünf Jahre zugebracht, und bevor ich sie nach Hause — nach Llyndell — bringe, will ich ein paar Tage in London verweilen, um sie das Derby=Rennen mit ansehen zu lassen. Ich habe

ihre Cousinen auch hieher telegraphiren lassen, und
da sind wir nun."

Der Lord verneigte sich noch einmal und ver=
sicherte, wie angenehm es ihm sei, die Bekanntschaft
der jungen Dame zu machen.

Nun kam die Reihe, vorgestellt zu werden, an
den Capitän Starr von den Horse=Guards.

Nachdem auch hierbei die üblichen Formalitäten und
gegenseitigen Complimente beobachtet worden waren,
ging es an's Frühstück, welches der Lord mit den
Damen im Wagen, der junge Capitän an den Wagen
gelehnt, einnahm.

Wie natürlich, drehte sich das Gespräch zumeist
um die eingegangenen Wetten, um die größere oder
geringere Wahrscheinlichkeit, welches der eingeschriebe=
nen Pferde den Preis gewinnen werde, und dergleichen
in das Gebiet der Hippomanie einschlagende Gegen=
stände.

Noch war die Gesellschaft weder mit ihrer Mahl=
zeit, noch mit ihrem Gespräche zu Ende, als der
tausendstimmige Ruf ertönte:

„Sie reiten ab!"

Lord Starr und der Capitän grüßten die Damen
und eilten auf ihre Plätze, um aus eigener An=
schauung zu entnehmen, was sie für ihre eingegan=
genen Wetten zu hoffen oder zu fürchten hatten.

Es würde uns zu weit führen, die verschiedenen
Phasen des Wettrennens mit unseren Lesern durch=
machen zu wollen. Es dürfte wohl Niemanden in=
teressiren, ob der „Annihilator" oder der „Invincible"

oder der „Fleetfoot" die Palme des Tages davon=
getragen, wir nehmen also unsere Erzählung wieder
auf in dem Augenblicke, als das erste Rennen vorüber
war und die Leute wieder bunt durcheinander wogten.

Aus diesem Gedränge ertönte plötzlich von der
Seite her, wo Constanze saß, eine Stimme, welche
in den Wagen hinein rief:

„Schöne Dame, laßt Euch doch von mir etwas
wahrsagen."

Constanze fuhr zusammen, drehte sich um und
sah neben dem Wagen eine alte Zigeunerin stehen,
wie sie sich aller Orten umhertreiben, wo mit Wahr=
sagen etwas zu verdienen ist. Constanze wollte sie
eben fortschicken, da streckten sich auf einmal drei
kleine Händchen aus dem Wagen und drei Stimmen
ließen sich hören, die wie im Chore riefen:

„Mir! mir! mir!"

„Eine nach der Andern, meine lieben Fräulein,"
sagte die Alte, indem sie um den Wagen herum
und auf die Seite der Miß Horton ging.

Der Reihe nach besah sie die Handflächen der
Mädchen und sagte einem jeden seine Zukunft vor=
aus: reiche Männer, hübsche Kinder, langes Leben
und derlei Alltagsprophezeiungen, worüber sich die
Mädchen lustig machten und ganz zufriedengestellt
waren, sich um eine halbe Krone eine so schöne Zu=
kunft erkauft zu haben.

„Aber jetzt," sagte die Zigeunerin, zu Constanzen
gewendet, „muß ich auch einen Blick in Eure Zu=
kunft werfen."

„Nein, nein," erwiderte Constanze mit unwill=
kürlichem Schauder.

„Ei, ich muß wohl. Ich lese so Vieles auf Eurer
Stirn," fuhr die Zigeunerin fort und sah das Mäd=
chen mit einem durchbohrenden Blick an.

„Ich bitte Euch, geht. Da habt Ihr eine Krone,
aber geht nur, geht, ich bitte Euch," flehte Con=
stanze.

„Schöne Dame, laßt doch die alte Zigeunerin
Eure Handfläche besehen, damit sie darin lesen und
Euch vor all' dem Uebel, das Euch bedroht, warnen
oder die Mittel an die Hand geben kann, wie Ihr
dem bösen Geschick entgehen könnt."

Die Alte sprach mit solcher Ueberzeugung, mit
solcher Theilnahme, daß Constanze trotz alles Sträu=
bens sich einer inneren Bewegung nicht erwehren
konnte. Sie zitterte und sagte:

„Ihr seid doch gewohnt, den Leuten nur An=
genehmes zu prophezeien, warum sprecht Ihr denn
gerade bei mir von einem bösen Geschicke?"

„Die Hand des Schicksals hat das auf Eure
Stirn geschrieben," erwiderte die Zigeunerin, „ich
will nur aus der Hand ergänzen, was mir noch
nicht ganz klar ist."

„O, ich bitte Euch, laßt mich; wenn Ihr die
Gabe der Prophezeiung besitzt, so ist es sündhaft,
damit ein Gewerbe zu treiben, und besitzt Ihr diese
Gabe nicht, so ist es noch sündhafter, es den Leuten
glauben machen zu wollen."

„Ich mache den Leuten nichts glauben, was nicht

ist! Lange vor jener Zeit, von welcher an Ihr die
Entstehung der Welt rechnet, waren die Väter unserer wandernden Stämme mit dem großen Geheimnisse vertraut, welches sie in die Vergangenheit
und in die Zukunft blicken ließ. Diese Gabe ist
durch unzählige Generationen bis auf uns gekommen, sie hat zwar in neuester Zeit an Kraft verloren, ist unwürdigerweise mißbraucht worden und
wird es noch, aber — erloschen ist sie nicht. Noch
vermögen wir in Euren Zügen, auf Euren Händen
zu lesen, was das Schicksal mit seinem unerbitt-
lichen Griffel darauf eingegraben."

„Wenn also dem wirklich so ist, entgegnete Constanze, „so ist es, wie ich schon früher bemerkte,
eine Sünde, Handel zu treiben mit einer so gött-
lichen Gabe."

„O nein, meine liebe Dame, es ist keine Sünde,
eine Kraft zu üben, welche der Schöpfer in uns
gelegt."

„Geht doch, geht," fiel ihr der Oberst in die
Rede. „Ihr seht doch, daß Ihr die junge Dame
langweilt; ihr Loos ist glücklich genug."

„Geschrieben, ja, aber nicht herausge-
lesen," sagte die Zigeunerin.

Um dieser Scene, welche ohnedies schon zu lange
gedauert hatte, ein Ende zu machen, hielt Constanze
der Alten die Hand hin und sagte:

„Nun gut, so lest, was Ihr darin finden werdet."

Die Zigeunerin prüfte die Linien in der Handfläche, und je länger sie darauf sah, desto ern-

ster wurde sie, endlich blitzte aus ihrem sprechenden
Auge ein Blick, der von tiefster Bewegung zeigte;
sie ließ die dargebotene Hand fallen und schaute das
Mädchen wehmüthig an.

„Nun," sagte Constanze, „was habt Ihr ge=
lesen?"

„Ich kann, ich wage es nicht, das laut zu sagen,
was das Schicksal auf Eure Hand geschrieben," er=
widerte die Alte, und stierte dabei das Mädchen so
bedeutsam an, daß diesem bange um's Herz wurde.

„Mütterchen," sagte Constanze, indem sie sich
vorwärts bog, mit kaum hörbarer Stimme, „ich
weiß nicht, wie viel oder wie wenig Ihr von jener
Seherkraft besitzt, deren Ihr Euch rühmt, aber ich
will sie auf die Probe stellen. All' mein Lebelang
martert mich ein unheimliches Vorgefühl. Sagt
mir, in welcher Weise, in welcher Form wird es
sich an mir erfüllen?"

Die Zigeunerin legte ihren Mund an des Mäd=
chens Ohr und flüsterte ihr ein Wort zu.

Constanze erschrak und wurde todtenbleich.

„Nun, glaubt Ihr jetzt an meine Sehergabe?"
fragte die Sibylle.

„Ich weiß nicht, was ich glauben soll Aber sagt
mir, soll mein schreckliches Vorgefühl in Erfüllung
gehen?"

„Das hängt von Euch ab."

„Von mir?"

„Ja, von Euch, das Schicksal ist nicht so uner=
bittlich, daß es seinem Opfer nicht eine Wahl ließe."

„Erklärt Euch deutlicher. Wie kann ich dem Unglücke, das mich bedroht, vorbeugen?"

„L i e b t nicht."

„Nicht lieben?"

„Liebt n i e m a l s. Wählt das Halbleben des Vereinzeltstehens, und Euer Leben wird nicht glück= lich, aber ruhig verlaufen. Laßt Ihr Euch aber zur Liebe hinreißen..."

„Nun?"

„So werdet Ihr wohl Gegenliebe finden, unbe= grenzte, namenlose..."

„Das wäre ja ein beneidenswerthes Loos; was weiter?"

„Ihr werdet mit dem Gegenstande Eurer Liebe verlobt werden..."

„Das wäre ja der Höhepunkt alles irdischen Glückes."

„Ihr werdet Braut sein, aber..."

„Aber?"

„Niemals eine Frau werden!"

„Ah!"

„Denn zwischen der ehelichen Einsegnung und dem Brautgemache wird sich die schwarze Gestalt des Schaffots erheben."

Ein halb unterdrückter Schrei entfuhr Constan= zens Brust, sie bemeisterte sich aber und bat die Zigeunerin fortzufahren.

„Ich habe nur noch wenig zu sagen. In we= nigen Tagen wird sich Euer Schicksal entscheiden, es wird sich zeigen, ob Euer Leben in langer, aber ru=

higer Einförmigkeit vergehen oder ob es ein kurzes,
schwer und hart geprüftes sein soll. In weni=
gen Tagen wird ein Fremder, der Euch aber doch
nicht ganz fremd ist, Euren Lebenspfad durch=
kreuzen. Wenn Ihr lange und ruhige Tage ver=
leben wollt, so sprecht nicht mit ihm, seht ihn nicht
an, dreht ihm den Rücken zu, flieht, flieht für's Leben
und werft keinen Blick nach rückwärts!"

Die alte Zigeunerin sagte so und war ver=
schwunden.

Oberst North hatte mittlerweile die Liste für das
nächste Rennen zurecht gemacht, jetzt drehte er sich
gegen Constanze um, nahm ihr den eingeschriebenen
Sovereign ab und hieß sie ihre Nummer ziehen.

Mechanisch that Constanze wie ihr geheißen
wurde, denn ihre Gedanken waren noch immer bei
der Zigeunerin.

Nach dem nächsten Rennen verließ die ganze Ge=
sellschaft den Rennplatz und fuhr, so schnell es das
Gedränge der Leute und Wagen erlaubte, nach der
Stadt, wo ein gutes Abendessen die Plagen des Ta=
ges vergessen machte.

Am nächsten Tage waren der Oberst und seine
schönen Schutzbefohlenen schon auf der Heimreise
nach dem Schlosse Llyndell in Wales.

Zweites Capitel.

Der Schauplatz unserer Erzählung liegt in einem der wildromantischsten Theile von Süd-Wales, dort, wo zwei walbige Hügelreihen sich in einem schiefen Winkel durchschneiden, auf deren einem ein kleines Dörfchen, Beakton genannt, gelegen war.

Zur Zeit, in welcher unsere Geschichte spielt, waren die vier Besitzungen in den vier Ecken dieses Hügelkreuzes in folgender Weise vertheilt:

Die östlich gelegene war das lebenslängliche Eigenthum der Mistreß Horton, einer Dame aus der alten Schule.

Die westlich gelegene und werthvollste war das Erbtheil der Miß Wynne, einer Waise, Enkelin und Mündel der Mrs. Horton.

Die nördliche und kleinste, Horne's Hole genannt, gehörte dem alten Hugh Horne, einem Wittwer von düsterer Gemüthsstimmung, notorischem Geiz und beinahe fabelhaftem Reichthume.

Die südliche, in Folge der Verschwendung seines letzten Eigenthümers ganz verfallen und daher „Rabnor's Ruin" genannt, war das Erbgut Gerald Roß Moßtyns, eines Enkels des Mr. Horne, derzeit Aspirant an der Universität von Oxford.

Sein väterliches Erbe warf nur eine höchst spärliche Rente ab, denn der alte Mr. Horne hatte alle Rechtstitel an Rabnor's Ruin käuflich an sich gebracht, wahrscheinlich um dem Enkel noch Einiges zu retten.

Unglücklicherweise hatte aber Gerald den des=potischen alten Herrn sehr gegen sich aufgebracht, weil er sich den Wünschen des Großvaters, welcher ihn für die Landwirthschaft bestimmt hatte, nicht fügen wollte, sondern in der Wahl eines Standes verharrte, welchen der Alte haßte. Die Folge davon war, daß der Großvater den Enkel enterbte.

Um dem Widerspenstigen die Strafe noch fühl=barer zu machen, nahm der Alte einen seiner Neffen, Mr. James Horne, in seine besondere Gunst und etablirte ihn in Radnor's Ruin.

Der enterbte Erbe hatte eben seine Universitäts=studien beendet und kam nach Beakton, seinem Ge=burtsorte, um einen Theil der Ferien daselbst zuzu=bringen.

Da er nicht hoffen konnte, daß ihm irgend ein Haus eine freundliche Aufnahme bieten werde, so stieg er in dem Gasthofe des Ortes ab.

Bei seiner Ankunft, an einem Sonnabend Abends, herrschte nicht nur im „Hôtel," sondern auch im ganzen Dorfe große Aufregung; die reiche Erbin Miß Wynne war eben auf ihrer Durchreise nach Hause in Beakton angekommen und verweilte daselbst eine kurze Zeit.

Gerald hatte sie als Kind gekannt, aber darüber waren Jahre hingegangen, und er konnte sich an ihre Gesichtszüge gar nicht mehr erinnern; als müßiger Reisender hatte er für den Augenblick nichts

Befferes zu thun, als dem Gerede der Anderen über
die schöne Miß gedulbig zuzuhören.

Alle jene, welche so glücklich waren, sie gesehen
zu haben, wetteiferten im Lobe ihrer Reize, alle
jene, welche vom Glücke nicht so begünstigt wurden,
horchten mit gespannter Aufmerksamkeit zu, und
freuten sich schon im voraus, dieses Wunder von
Schönheit am andern Tage in der Kirche zu sehen.

Gerald Mostyn hatte eine vorgefaßte Meinung
gegen alle „schönen Frauen," und Miß Wynne sollte
hiervon keine Ausnahme machen. Er verachtete jenen
„Eclat," welcher aus persönlicher Schönheit, aus
Reichthum und hübschen Kleidern hervorging, und
all' der Lärm über die reiche Erbin machte ihn nur
mitleidig lächeln.

„Nun," sagte er zu sich selbst, „morgen beim
Gottesdienst werde ich auch Gelegenheit haben, die=
ses wunderbar schöne Kind, diese reiche Erbin, diese
Muse, diese Heilige von Angesicht zu Angesicht zu
schauen; und was werde ich finden? — ein frisches,
reich gekleidetes Mädchen, dem man noch die Er=
ziehungsanstalt auf hundert Schritte anmerkt, voll
von moderner Andacht! Sie wird ihre Gebete aus
einem mit Goldschnitt verzierten Gebetbuche heraus=
lesen, vielleicht ein Goldstück in die Almosenbüchse
werfen, so daß es Jedermann sehen kann; — diese
Heilige, diese Schönheit! — Bah! Man traue nur
solchem Flitter, lasse sich nur durch den Schein irre=
führen! — Wenn ich je heirathe, muß es ein armes
Mädchen sein. So dachte unser Held, und halb mit

Abscheu erfüllt gegen die eitle Welt und halb in
Sehnsucht nach dem Engel seiner Träume, schlen=
derte er aus dem Hause dem Walde zu.

Am nächsten Morgen — es war Sonntag —
stand Gerald Mostyn, welcher nur höchst selten den
sonntägigen Gottesdienst versäumte, zeitiger auf, zog
sich an, frühstückte und machte sich auf den Weg
nach dem drei englische Meilen von Beakton ent=
fernten Llynbell, in dessen Nähe die Christ=Church
in der Pfarre von Crucis lag.

Da er sich aber gar zu viel Zeit gönnte, und
nur zu oft stehen blieb, um sich an der schönen Um=
und Fernsicht zu ergötzen, so war es schon spät
geworden, bevor er den Saum des Waldes am
Fuße des Hügels erreichte, an welchen sich die Kirche
anlehnte.

Auf dem Platze vor der Kirche — der auch als
Friedhof diente — standen viele Wagen, aber außer
zwei Grooms, welche bei ihren etwas unruhigen
Pferden beschäftigt waren, war Niemand zu sehen;
alle waren schon in der Kirche, wo der Gottesdienst
bereits begonnen.

Gerald Mostyn wartete ab, bis das Eingangs=
gebet vorüber war, dann trat auch er in die Kirche
und nahm seinen Sitz in einem leeren Stuhle, rechts
von der Kanzel, von wo aus er nicht nur den
Prediger, sondern auch die ganze Versammlung über=
sehen konnte.

Während die etwas lange Hymne abgesungen

wurde, hatte Gerald hinlängliche Muße, seine Blicke über die versammelte Menge hinschweifen zu lassen.

Rückwärts und längs der Wände standen die älteren Männer und Weiber, in langen Röcken und in bunten Hauben, wie sie schon vor einem halben Jahrhundert getragen worden waren. Im Centrum der Kirche saßen alte Herren und Frauen, die Matronen und die Schönen des Dorfes und der Umgebung, und weiter nach aufwärts, nahe der Kanzel, hatten die alten angesehenen Familien, die Aristokratie des Bezirks ihre Sitze.

Im Betstuhle unmittelbar vor der Kanzel saß die Familie Horten. Gerald konnte von seinem Sitze aus gerade auf sie hinüberschauen.

Zunächst saßen drei blühende, sonntägig aufge= putzte Mädchen, welche mit ihren weißen Reifröcken den ganzen Stuhl in Anspruch nahmen. Er be= trachtete sie eine nach der andern mit aller Aufmerk= samkeit, um herauszubekommen, welche, oder ob eine von den Dreien die reiche Erbin Miß Wynne sei.

Alle drei waren, wenn man den gewöhnlichen Maßstab an sie legen wollte, recht hübsch, runde frische Gesichtchen, weißer Teint, blaue Augen, blonde Locken. Sie trugen hellfarbige Barègekleider mit vie= len Falten, kleine Hüte mit Blumenguirlanden.

Da unter diesen Mädchen eine große Familien= ähnlichkeit herrschte, so war es schwer, diejenige herauszufinden, um derentwillen er eigentlich in die Kirche gekommen war. Endlich glaubte er aber doch

2*

Miß Wynne erkannt zu haben; erstens war die=
jenige, welche er dafür hielt, größer und stärker,
der Teint weißer, die Augen blauer, die Locken noch
blonder, als bei den anderen Dreien, zweitens hatte
ihr Kleid mehr Falten und ihr Hut mehr Blumen,
und drittens nahm sie den Ehrenplatz am obern Ende
des Betstuhles ein.

Je länger er sie betrachtete, desto mehr wurde
er in dem Glauben bestärkt, daß er sich nicht geirrt
habe. Jeder Zoll an ihr war eine Erbin, eine
Schönheit, eine Anmuth. In der mit lichten Hand=
schuhen bekleideten Hand hielt sie ein Gebetbuch mit
Sammeteinband und vergoldeten Zierrathen. „Das
ist sie," dachte Gerald, „das muß sie sein."

Im Betstuhl daneben saß die alte Mrs. Horten
in schwarzem Seidenkleide, Mantel und Hut, welchen
Sonntagsanzug die Leute schon seit vierzig Jahren
an ihr gesehen hatten. An ihrer Seite saß der alte
Bruder Junggeselle, Oberst North, und am Aus=
gange des Betstuhles saß eine junge Person, ganz
schlicht angezogen, welche Gerald bis jetzt nicht be=
merkt hatte, weil sie am weitesten von ihm entfernt
war und den Kopf so tief herab auf ihr Gesangbuch
hielt, daß man das Gesicht kaum sehen konnte.

Die Hymne war zu Ende, die Leute erhoben sich
von ihren Sitzen, und jetzt erst konnte Gerald Mo=
styn das junge Mädchen im Betstuhle der Mrs. Hor=
ton genau sehen, und von diesem Augenblicke an sah
er keine andere mehr in der Kirche.

Das Vorgefühl seines Herzens schien in Erfül=

lung gegangen. In diesem jungen, einfach gekleideten Mädchen hatte er sein Ideal gefunden.

Sie war bei weitem nicht so hübsch, wie die drei anderen jungen Mädchen, aber in ihren Gesichts= zügen lag mehr als Schönheit, es prägte sich darin ein Adel der Seele, eine Gemüthlichkeit aus, welche auf Jeden, der sie ansah, einen unwiderstehlichen Zauber übte.

Sie war nicht sehr groß, aber schlank und vom vollendetsten Ebenmaße; der matte Teint ihres Ge= sichts, das dunkelbraune Haar, die großen, sprechen= den Augen, das schön geformte Kinn, der liebliche Mund mit den Perlenzähnen verliehen dem Ganzen einen Reiz, wie er bei regelmäßiger Schönheit nur selten zu finden ist.

Ihr Anzug war, wie gesagt, höchst einfach: ein grauseidenes Kleid, ein Strohhut mit weißen Bän= dern. Man konnte sie für eine arme Verwandte des Hauses oder für eine Gesellschafterin der alten Mrs. Horton halten.

Gerald Mostyn war mit sich darüber im Reinen, erstens, daß er sie liebte, zweitens, daß sie wirklich Mrs. Horten's Gesellschafterin war, und drittens, daß er ihre Bekanntschaft machen wolle in der Ab= sicht, sie vielleicht seiner Zeit als Gattin heimzu= führen.

In diesen Gedanken und Plänen ging der Got= tesdienst an Gerald vorüber, ohne daß er eigentlich selbst wußte, was gesagt und gethan worden war. Er hatte wohl alle Ceremonien mitgemacht, stand

auf, wenn die Anderen aufstanden, und kniete nieder,
wenn die Anderen niederknieten, verneigte sich in ge=
gebenen Momenten, ließ den Segen über sich erge=
hen; aber all' das geschah nur mechanisch, er war
sich dessen kaum bewußt, seine ganze Seele war er=
füllt von e i n e m Gedanken, von dem Gedanken an
die reizende Unbekannte.

Nachdem der Gottesdienst vorüber war, ging er
mit allen Uebrigen aus der Kirche und wartete, was
mit dem Mädchen geschehen würde, welches seine
Zukunft — das glaubte er jetzt schon zu fühlen —
in ihrer kleinen Hand hielt.

Wie die Familie Horton aus der Kirche trat,
theilten sie sich in Paare und legten den Weg von
der Christ=Church nach dem Schlosse von Lhndell
zu Fuß zurück. Zwei Schwestern gingen Arm in
Arm, die Schöne, welche Gerald für Miß Wynne
hielt, ging mit dem Obersten, und die verführerische
Unbekannte unterstützte die alte Mrs. Horton.

Gerald sah ihnen nach, bis sie aus seinem Ge=
sichtskreise verschwunden waren, dann drehte er sich
um und sah zu seinem Erstaunen, daß außer dem
Pastor nur er allein auf dem Friedhof stand.

„Sie scheinen ein Fremder in dieser Gegend zu
sein," redete ihn der Pastor an.

„Ein Fremder in meinem Geburtsorte," erwiderte
Gerald, „ich war aber so viele Jahre von hier ab=
wesend, daß ich kaum noch e i n e n Bekannten wieder=
finden dürfte. Auch Sie scheinen noch nicht lange
hier zu wohnen."

„Ich heiße William Osborne und bin der Paſtor von Chriſt=Church.“

„Mein Name iſt Gerald Moſtyn von Radnor.“

„Es freut mich, Sie kennen gelernt zu haben, Mr. Moſtyn, und jetzt ohne alle Umſtände, wenn Sie nichts Beſſeres vorhaben, ſo gehen Sie mit mir und ſeien Sie heute mein Gaſt.“

Gerald's erſte Idee war wohl, wieder nach ſeinem Gaſthauſe zurückzukehren, aber die Verſuchung, zu bleiben und den Nachmittagsgottesdienſt abzuwarten, in der Hoffnung, das hübſche braungelockte Mädchen wieder zu ſehen, war ſtärker als er.

Nach kurzem Ueberlegen nahm er des Paſtors Einladung an und begleitete dieſen nach dem Pfarr= hofe, einem niedlichen Hauſe, in einem recht gut ge= haltenen Garten gelegen, nur ein paar Hundert Schritte von der Kirche entfernt. Hier wurde er der Mrs. Osborne vorgeſtellt, einer kleinen hübſchen Frau, welche ihn auf das freundlichſte willkommen hieß.

Während des Mittageſſens wandelte Gerald mehrere Male die Luſt an, von der intereſſanten Unbekannten zu ſprechen und nach ihrem Namen und ihrer Stellung zu fragen, aber ein Gefühl von ſcheuer Ehrfurcht hielt ihn immer wieder davon ab.

Zur Zeit des Nachmittagsgottesdienſtes kehrte er mit Mr. und Mrs. Osborne nach der Chriſt= Church zurück. Er ging in denſelben Betſtuhl, in welchem er am Vormittag geſeſſen.

Die Kirche war bei weitem nicht ſo voll, wie des Morgens. Von der Familie Horton war Nie=

manb gekommen, unb ein Gefühl ber bitterſten Ent=
täuſchung bemächtigte ſich ſchon Geralb's, als er noch
immer vergebens ſeine Blicke nach ber Kirchthür
richtete.

Enblich erſchien bie Gewünſchte ſeines Herzens.
Langſam kam ſie ben Seitengang herauf unb ſetzte
ſich in ben Stuhl, ben ſie auch Vormittags einge=
nommen. Wie boch ſein Herz bei ihrem Anblick
vor Freube erzitterte! Er ſtanb wie feſtgebannt
von bem Zauber bieſer Erſcheinung.

Ob ſeinen Blicken eine magnetiſche Kraft inne=
wohnte, ober ob es nur ber Zufall ſo fügte —
genug, bas Mäbchen erhob bas Auge unb beiber
Blicke begegneten ſich. Wie ein Verbrecher, auf
friſcher That ertappt, erröthete ber junge Mann unb
ſchaute wieber auf ſein Buch, als ſchäme er ſich
ſeiner Verwegenheit.

Nach ein paar Augenblicken faßte er aber wieber
Muth unb warf einen verſtohlenen Blick nach ihr
hinüber. Da ſah er — o überirbiſch Glück! —
wie auch ſie bie Augen nieberſchlug, wie ſich auch
auf ihrem ſonſt ſo blaſſen Geſicht ein Anflug von
Schamröthe zeigte.

Des Morgens hatte es ihm geſchienen, baß —
ſollte bas Mäbchen wirklich bas ſein, für was er
ſie hielt — er gebulbig zuwarten könne, in ber fro=
hen Ausſicht, ſie boch enblich zu beſitzen.

Aber an bieſem Nachmittag fühlte er ſchon, baß,
wenn er auf ſie warten wolle, er ihre Nähe fliehen
müſſe. Er fing jetzt an, zu überlegen, wie balb er

trachten wollte, ihr vorgestellt zu werden, ihre nä=
here Bekanntschaft zu machen, sich in ihr Herz hin=
einzustehlen und sie zu seinem Weibe zu machen.

Wenn Alles ging, wie er hoffte und wünschte,
genügte ein Monat, um ihn an's Ziel zu bringen.
Nun warfen sich aber seiner jugendlichen Heißblütig=
keit ein paar andere Fragen auf: Wie lange währte
es noch, bis er die richterliche Prüfung bestanden
und den Eid als Advocat geleistet haben würde?
Wie lange, bis er sich eine Praxis würde erworben
haben, durch welche ihm sein Lebensunterhalt ge=
sichert wäre? — Mit angestrengtem Fleiß konnte
er in zwei Jahren dahin gelangen.

Sein Plan war nun fertig; so bald wie möglich
mußte er mit dem Mädchen bekannt werden — das
Uebrige würde und müsse sich finden.

Der Gottesdienst war nun zu Ende, die an=
dächtige Schaar verließ die Kirche, aber zu Ge=
rald's größtem Verdruß war auch der Gegenstand
seiner heißen Wünsche inmitten der Menge ver=
schwunden. Umsonst war alles Suchen, und noch
spähte er sehnsüchtig nach allen Richtungen der
Windrose, um ihre Spur wieder aufzufinden, als
nur noch wenige Leute unter dem Portale der Kirche
standen; die meisten waren schnellen Schrittes nach
Hause geeilt, denn schwarze Wolken zogen am Ho=
rizont herauf und einzelne schwere Regentropfen
verkündeten schon den nahen Ausbruch eines Ge=
witters.

Gerald ging eben mit sich zu Rathe, wie und

wo er sich vor dem herannahenden Sturme schützen sollte, als ihn Jemand auf die Schulter klopfte. Er sah sich um, Mr. Osborne stand vor ihm.

„Sie können füglich jetzt nicht mehr nach Hause gehen," redete ihn dieser an; „es fängt schon an zu regnen, ein schweres Gewitter ist im Anzuge. Kommen Sie unter meinen Regenschirm und gehen Sie mit mir nach der Pfarre; dort können Sie in aller Gemächlichkeit den Sturm abwarten."

Gerald verneigte sich und sah dann gegen den Himmel. Kein Zweifel, daß es die höchste Zeit war, sich nach einem Obdach umzusehen. Schon sah man, wie sich der Blitz durch die Luft schlängelte, schon hörte man von weitem den Donner rollen.

„Ich glaube," entgegnete Gerald lächelnd, „ich werde wohl genöthigt sein, von Ihrer freundlichen Einladung Gebrauch zu machen."

„So kommen Sie, es ist keine Zeit mehr zu Complimenten," sagte der Pastor, spannte sein zelt= ähnliches Parapluie auf und bot seinem Gaste den Arm an.

Die beiden Männer eilten der Pfarre zu.

„Nun," dachte Gerald, „dürfte sich wohl die Ge= legenheit bieten, über den Namen und die näheren Verhältnisse der Unbekannten genaue Auskunft zu erhalten."

———

Drittes Capitel.

Glücklicherweise langten sie noch am Orte ihrer Bestimmung an, bevor der Sturm mit aller Heftig= keit losgebrochen war. Mr. Osborne führte seinen Gast in das sogenannte „Parlour." So heißt in englischen Wohnungen ein Zimmer, welches die Mitte hält zwischen Salon, Wohnzimmer und Wartesaal. Niemand war darin.

„Wo ist die Frau?" fragte der Pastor das Dienst= mädchen, welches gekommen war, ihm den Hut und Regenschirm abzunehmen.

„Die gnädige Frau ist mit Miß Wynne hinauf= gegangen," antwortete die Magd.

„Miß Wynne ist hier?" rief der Pastor ganz überrascht aus.

„Ja, gnädiger Herr. Sie kam her, um sich vor dem Unwetter zu schützen, und ging hinauf, um ihren Hut abzulegen."

„Mr. Mostyn," sagte jetzt der Pastor scherzend, „da wir jetzt eine hübsche fremde Dame im Hause haben, werden Sie vielleicht früher Ihre Toilette noch durchmustern wollen; gehen Sie auf mein Zimmer, thun Sie, als ob Sie zu Hause wären."

„Meine Haare sind wohl etwas zerzaust," er= widerte Gerald, indem er sich mit den Fingern durch die Locken fuhr. Und er stand auf und folgte sei= nem freundlichen Wirthe in ein gegenüber gelegenes

Zimmer, wo er Alles fand, was nöthig war, um seiner Toilette in etwas nachzuhelfen.

Der Pastor, welcher dem Beispiele seines Gastes gefolgt und nun fertig war, holte diesen ab und führte ihn wieder zurück nach dem „Parlour."

Wie sie hineintraten, sprang Mrs. Osborne auf und bewillkommte den unerwarteten Gast.

Während er sich noch bei ihr entschuldigte, ihre Gastfreundschaft noch einmal in Anspruch nehmen zu müssen, fiel sein Blick zufällig auf eine Gestalt, welche in der Fensternische saß. Er wollte seinen Augen gar nicht trauen, das Wort im Munde erstarb ihm beinahe und er hatte alle Mühe, seiner Verlegenheit Meister zu werden, er wurde todtenbleich vor Schreck, und dann trieb ihm die Freude das Blut wieder in die Wangen, denn das Mädchen war die Unbekannte aus der Kirche.

Mrs. Osborne führte den jungen Mann zum Fenster und sagte mit einer gewissen gezwungenen Ceremonie:

„Miß Wynne, erlauben Sie mir, daß ich Ihnen Mr. Mostyn vorstelle. Mr. Mostyn, Miß Wynne;" und bevor noch Gerald Worte finden konnte, um seine Freude über diese Begegnung auszusprechen, stand die nun bekannte Unbekannte auf, hielt ihm nach guter englischer Sitte ihre Rechte entgegen und sagte mit süßem Lächeln und dem einschmeichelndsten Tone:

„Mr. Mostyn, ich bin höchst erfreut, Sie wieder zu sehen. Ich habe meinen alten Spielgenossen nicht vergessen, aber Mr. Mostyn weiß sich wohl nicht mehr der Constanze Wynne zu erinnern." Gerald Mostyn verneigte sich tief.

„Miß Wynne besitzt ein besseres Gedächtniß, als in der Regel diejenigen zu haben pflegen, welche Anderen an irdischen Glücksgütern so weit überlegen sind," erwiderte Gerald mit einiger Betonung.

„Glücksgüter?" entgegnete Constanze, „ich falle vor diesen heidnischen Göttern nicht auf die Kniee."

Gerald getraute sich kaum zu antworten; die verschiedensten, sich widersprechendsten Gefühle stürmten in diesem Augenblicke auf ihn ein.

Hier vor ihm stand das Ideal seiner Seele — die Auserwählte seines Herzens, und ach! keine Tochter aus dem Volke war sie, welche an seiner Seite den dornigen Pfad durchwandern sollte — sie war die reiche Erbin, auf deren Hand nur Männer von höchstem Range, von eben so großem Reich= thume Ansprüche machen konnten.

Es wäre ja wahrer Wahnsinn, Vermessenheit, wenn er, der arme Student, die Hand ausstrecken wollte nach einem Mädchen von Constanzens riesigem Vermögen. Sie war nicht für ihn, das stand klar vor seiner Seele, es war also seine Pflicht, sich zu ermannen und den Zauber — denn nur ein Zauber konnte seine Sinne so urplötzlich umstricken — um jeden Preis, selbst um den Preis seines Lebens= glückes, zu brechen.

Zum Glück für ihn traf es sich gerade so, daß, bevor die physische Zeit ihm noch eine Antwort er=

laubte, die ihm bei seiner inneren Aufregung jeden=
falls sehr schwer, wenn nicht gar unmöglich gewor=
den wäre, Mr. Osborne, seine Frau und deren
Bruder auf ihn zukamen.

„Ich stelle Ihnen hier meinen Schwager, Francis
Heath, einen angehenden Arzt vor," sagte Mr. Os=
borne, „lieber Francis, Mr. Mostyn, dessen Be=
kanntschaft wir einem glücklichen Zufalle zu ver=
danken haben."

Die beiden jungen Leute verneigten sich gegen
einander, und Gerald erkannte in dem jungen Manne
einen von jenen, welche im Gasthause zu Beakton
mit solcher Wärme von Miß Wynne gesprochen hatten.
Er sah, wie er sich jetzt ganz vertraulich an Con=
stanzens Seite setzte und im Tone eines alten Freundes
das Gespräch mit ihr aufnahm. Trotz des eben
vorher gefaßten Vorsatzes, seiner thörichten Liebe zu
entsagen, konnte er sich doch bei dieser Scene eines
Gefühls von Eifersucht nicht erwehren. Und als
ob es darauf abgesehen wäre, ihn noch mehr zu
quälen, verwickelte ihn Mr. Osborne in ein Ge=
spräch, so daß er dem tête-à-tête nicht mehr seine
ganze Aufmerksamkeit zuwenden konnte. Hatte er
sich etwa verrathen und bemerkte die Holde seine
Seelenqual?

Beinahe war er versucht, es zu glauben; denn
es schien ihm, als ob auch sie zu wiederholten Malen
nach ihm herüberblickte, und als sich ihre Blicke
begegneten, wollte es ihm dünken, als färbten sich
ihre Wangen etwas höher. Bald darauf brach sie

das tête-à-tête mit dem jungen Doctor ab, und
äußerte gegen Mr. Osborne eine Bemerkung, wo=
durch das Gespräch ein allgemeines wurde.

Der Gegenstand der Discussion war die un=
leugbare Ueberlegenheit des socialen Uebels und die
Unzulänglichkeit der Gesetze, Verbrechen vorzubeugen.
Das Straf= und Zellensystem wurde besprochen und
endlich kam auch die Reihe an die erst unlängst
im Parlamente angeregte Frage der Abschaffung der
Todesstrafe.

Mr. Osborne sprach sich dahin aus, daß ver=
wahrloste, rohe Menschen Thieren gleich zu achten
wären, welche nur durch F u r c h t in Schranken ge=
halten werden könnten; daß die Furcht vor dem
Gefängnisse der beste Schutz für das Eigenthum,
die Furcht vor dem Galgen der beste Schutz für das
Leben sei — daher also die Furcht auch das beste
Mittel, Verbrecher anzuhalten.

Gerald horchte mit gespannter Aufmerksamkeit
auf des Pastors Worte und sah dabei unverwandten
Blickes auf Miß Wynne, in deren Gesichtszügen
ganz deutlich zu lesen war, daß sie mit den Ansichten
Mr. Osborne's nichts weniger als einverstanden war.
— So bald dieser ausgeredet hatte, ergriff Con=
stanze das Wort.

Sie behauptete, daß Strafe Vergeltung — Ver=
geltung Rache, und Rache die Ausgeburt des Hasses
und der Furcht sei, woraus also nie und nimmer
Gutes entspringen könne. Furcht sei die niedrigste
aller bösen Leidenschaften, unsere eigene Furcht für

die Sicherheit des Lebens und des Eigenthums treibe uns an, auf die Furcht Anderer hinzuwirken; so wie die Furcht der schlechteste Beweggrund, so sei auch die Gewalt das schlechteste Mittel; die Behand= lung der Missethäter solle nicht rachsüchtig, sondern reformatorisch sein; die große rettende Kraft sei so wie im Himmel, also auch auf Erden der Glaube, welcher der Furcht gerade entgegenstehe.

Constanze sprach mit hinreißender Beredtsamkeit, Ueberzeugung strahlte aus ihren Augen, wie Honig= seim flossen die Worte aus ihrem Munde, und das Feuer ihrer Rede leuchtete auf ihren Wangen wieder.

Gerald hatte Constanze, während sie mit sol= chem Feuer sprach, genau beobachtet, und fand es jetzt noch begreiflicher als früher, wie Alle, die sie kannten, von ihrer Schönheit so entzückt waren; überdies bekamen auch ihre an und für sich schon reizenden Gesichtszüge erst die wahre Weihe durch den Abglanz ihrer Seele, der in Wort und Blick so mächtig auf Gerald einwirkte.

„Wir Alle müssen Miß Wynne's Ansichten, be= sonders was die Todesstrafe betrifft, mit einiger Nach= sicht aufnehmen, da Miß Wynne ein so lebhaftes Interesse an deren Abschaffung zu nehmen scheint," sagte Mr. Osborne.

Aber zu Gerald's großem Staunen wurde Con= stanze leichenblaß und preßte ihre Lippen zusammen, man sah es ihr an, daß sie eine heftige Bewegung niederkämpfen wollte. Er errieth, daß der Pastor etwas gesagt hatte, was das Mädchen sehr un=

angenehm zu berühren schien, und beeilte sich, diesen
Eindruck zu verwischen, indem er sich an Constanze
wendete und lachend sagte:

„Auch ich nehme ein besonderes Interesse an der
Abschaffung der Todesstrafe. — Miß Wynne, glau=
ben Sie an die Astrologie?"

Constanze fuhr zusammen, sah den jungen Mann
scharf an und antwortete:

„Ich weiß wahrlich nicht. Es giebt mehr im
Himmel und auf Erden, als wir uns in unserer
Philosophie träumen lassen. Wenn wir der Welt=
geschichte Glauben schenken dürfen, so finden wir in
ihr allerdings Fälle verzeichnet, welche für die Astro=
logie sprechen. Und ich verwerfe nicht eine Wissen=
schaft oder eine Theorie nur deshalb, weil ich sie
nicht verstehe. Aber, Mr. Mostyn, warum fragen
Sie mich, ob ich daran glaube?"

„Weil ich eben zu Ihrer Unterhaltung eine
Prophezeiung erzählen wollte, welche mir selbst be=
züglich meiner Zukunft von einem Professor der
schwarzen Kunst gemacht worden ist."

„Eine Prophezeiung!" rief Mrs. Osborne aus,
und rückte mit ihrem Stuhle näher.

„Allerdings," entgegnete Gerald lächelnd, „eine
Prophezeiung, welche, wenn ich daran glaubte, mich
sicherlich bestimmen würde, die Abschaffung der Todes=
strafe zu befürworten."

Constanze war ganz Ohr und sah Gerald un=
verwandten Blickes an.

„Miß Wynne," sagte dieser, „vielleicht erinnern

Sie sich jenes Derwisches Achbad, welcher vor ein
paar Jahren in Begleitung eines Dolmetschers das
ganze Land durchzog und den Leuten ihr Horoskop
stellte, zur Beglaubigung seiner untrüglichen Kunst
ihnen Erlebnisse aus ihrer eigenen Vergangenheit
erzählte, die Gegenwart aufdeckte und in die Zu=
kunft schauen ließ?"

„O ja," erwiderte Constanze, „ich erinnere mich
seiner ganz gut. Aber fahren Sie doch fort in
Ihrer Erzählung, Mr. Mostyn."

Viertes Capitel.

„Meine Geschichte," nahm Gerald wieder das
Wort, „ist kurz, aber höchst eigenthümlich. Vor drei
Jahren, ich war eben für kurze Zeit in Brighton,
bevor ich die Universität bezog, hörte ich zufällig
von dem eghptischen Derwisch Achbad reden, welcher
zu jener Zeit ein großes Aufsehen erregte, seine
überraschenden Prophezeiungen waren zum Tages=
gespräch geworden.

„Neugier und Langeweile verleiteten mich, ihn
zu besuchen; er wohnte im vierten Stocke eines
ganz unansehnlichen Hauses in einer schmalen Gasse.
Ich trat bei ihm ein und vor mir stand ein oliven=
farbiger alter Mann, einen hohen Turban auf dem

Kopfe, in einem weiten schwarzen Kleide, unten herum mit den Zeichen des Thierkreises verbrämt, eine weiße Schärpe um den Leib. Es war der berühmte Astrolog."

„Irgend ein Yankee-Gauner," unterbrach ihn Mr. Osborne.

„Nein, mein Herr; er hatte den unverkennbaren egyptischen Typus an sich. Ein Betrüger mag er gewesen sein, aber weder Yankee noch Europäer war er, dafür möchte ich einstehen."

„Nun gut, dieser Astrolog?" fragte Constanze voll Ungeduld.

„Diesen alten Mann, diesen sogenannten Astrologen fand ich umgeben von den seinem Stande eigenthümlichen Abzeichen: Todtenköpfe, in Kreuzesform übereinander gelegte Knochen und Skelette; Schlangen, Kröten und Eidechsen; Destillirkolben und Schmelztiegel lagen zerstreut auf dem Boden umher. Karten von ungekannten Ländern und Zeichnungen von ungekannten Figuren zierten die Wände. Am obern Ende des Zimmers hing in perpendikulärer Stellung ein weiter schwarzer Kreis, auf welchem weiße mystische Zeichen gemalt waren. Diesem Kreise gegenüber war ein großer magischer Spiegel angebracht.

„Die einzige Person, welche außer ihm und mir sich im Zimmer befand, war der französische Dolmetscher.

„Ich machte ihn mit dem Zwecke meines Besuches bekannt, worauf er verschiedene vorbereitende

3*

Experimente mit mir vornahm, deren ich nicht aus=
führlicher Erwähnung thun will, um die Geduld
meiner Zuhörer nicht auf eine zu harte Probe zu
stellen; endlich fing er an mein Leben vor mir zu
entrollen.

„Vorerst sprach er von meiner Vergangenheit,
von dem Verluste meiner Mutter, meines Vaters
und meines häuslichen Herdes.

„Ich dachte, er lese all' das aus meinen Augen
heraus, und bemerkte, daß ich nicht gekommen sei,
um das zu erfahren, was ich ohnedies schon wisse,
sondern um über meine Zukunft einige Aufklärung
zu erhalten.

„Hierauf erklärte er, daß — um mein Horo=
skop zu stellen — ich eine Nacht zuwarten müsse.
Dann fragte er mich um den Tag und um die
Stunde meiner Geburt, welche ich ihm getreulich
angab. Mit dem Versprechen, am nächsten Morgen
wieder bei ihm vorzusprechen, empfahl ich mich ihm.
— Tags darauf war ich in ziemlich früher Stunde
bei ihm.

„Mein Horoskop war ein schauerliches! Es
wahrsagte mir ein kurzes stürmisches Leben, einen
bittern und schnellen Tod!" —

„Gott im Himmel!" riefen alle Anwesenden aus.
„Aber die Einzelheiten!"

„Es sagte mir vier merkwürdige Begebenheiten
voraus, deren erste sich schon ereignet hat."

„Und diese war?"

„Der Verlust meines väterlichen Besitzstandes."

„Sonderbares Zusammentreffen der Umstände," unterbrach ihn Mr. Osborne, stand auf und setzte sich neben seine Frau und seinen Schwager.

„So dachte auch ich, als diese erste Prophezeiung eingetroffen war," entgegnete Gerald.

„Und die anderen drei Ereignisse?" fragte Con=stanze mit leiser Stimme.

„Die drei anderen müssen — wenn die Vorher=sagung sich bestätigen soll — innerhalb der nächsten zwei Jahre, bevor ich meinen sechsundzwanzigsten Geburtstag feiere, in Erfüllung gehen. Das erste Erlebniß ist, daß ich ganz unerwartet eine reiche Erbschaft machen werde."

Bei diesen Worten umspielte ein zufriedenes Lächeln Constanze's rosige Lippen, und die Wolke, welche sich über ihre Stirn gebreitet hatte, verzog sich allmälig. Sie wartete ein paar Augenblicke, in der Hoffnung, Gerald werde in seiner Erzählung fortfahren, da sie aber sah, daß es dazu nicht den Anschein habe, so sagte sie:

„Nun, Mr. Mostyn, welche war denn die dritte Prophezeiung?"

„Bestehen Sie wirklich darauf, daß ich sie Ihnen sage?" fragte Gerald.

„O nein — ich möchte Sie nur darum gebeten haben."

„Nun, es sei!" und mit halb unterdrückter Stimme sagte er: „Es betrifft meine Vermählung mit dem Weibe meiner Wahl und meiner Liebe."

Eine tiefe Röthe überzog Conſtanze's Wangen.
Nach einer kleinen Pauſe fragte ſie weiter:

„Und die vierte und letzte Prophezeiung?"

Gerald zauderte mit der Antwort, und ſo leiſe,
daß er nur von Conſtanze verſtanden werden konnte,
ſagte er:

„Die vierte und letzte war, daß ich vor meinem
ſechsundzwanzigſten Geburtstag eines gewaltſamen
Todes ſterben ſoll."

Ein lauter Schrei entfuhr Conſtanze's Bruſt,
mit beiden Händen bedeckte ſie ihr Geſicht, als
wollte ſie ihre Augen dem Anblicke eines Schreckens=
bildes verſchließen.

Nach einer oder zwei Minuten ließ Conſtanze
die Hände am Körper herunterfallen, und indem ſie
Gerald feſten Blickes anſah, ſagte ſie mit aller Faſ=
ſung:

„Ohne Zweifel ſtaunen Sie über meine Bewe=
gung. Nun, ſo hören auch Sie! Im Herbſte, wel=
cher dem Sommer folgte, als Ihnen dieſes Horoſkop
geſtellt wurde, war ich in York mit meiner Groß=
mutter und mit Mrs. Osborne, damals noch Miß
Heath. Die Neugier trieb auch uns zu dem Aegyp=
ter, welcher zufällig eben auch in dieſer Stadt war. Nach
einigen Vorbereitungen ſtellte er mir mein Horoſkop und
ſagte mir meine Zukunft voraus. Im Buche des
Schickſals ſollte es geſchrieben ſtehen, daß ich vor
meinem zwanzigſten Geburtstage Braut ſein würde,
aber niemals Frau, denn die ſchreckliche Geſtalt des
Schaffots würde ſich zwiſchen meine eheliche Ein=

segnung und den häuslichen Herd stellen. So sagte
der Astrolog — und ganz dasselbe prophezeite mir
eine alte Zigeunerin im verflossenen Frühjahr beim
Derby-Rennen."

Nun trat wieder eine Pause ein; endlich brach
Gerald das peinliche Schweigen und sagte:

„Aber sicherlich wird eine Dame von Miß Wynne's
geistiger Ausbildung und vor Allem von Miß Wynne's
religiösen Anschauungen wohl niemals derlei Alfan=
zereien irgend ein Gewicht, irgend eine Bedeutung
beilegen."

Constanze ließ den Kopf auf die Brust sinken
und erwiderte dann:

„Ich weiß nicht, wie viel und in welcher Weise
ich diesen Vorhersagungen Glauben beimessen soll.
Phrenologen wollen behaupten, bei mir die Beule
des Idealen, des Subllmen, des Uebernatürlichen
vorgefunden zu haben..."

„Aber Ihr Verstand sollte Sie waffnen gegen
jeden — verzeihen Sie mir meine Aufrichtigkeit —
gegen jeden Aberglauben."

„Verzeihen? Im Gegentheile, ich danke Ihnen
dafür, und bitte Sie, nur immer so aufrichtig gegen
mich zu sein. Mein Verstand schützt mich nicht gegen
den Glauben an Uebernatürliches, er sagt mir nur,
daß ich eine Wissenschaft nicht verwerfen soll, blos
aus dem einzigen Grunde, weil ich sie nicht begrei=
fen kann. Und mein vieles Lesen sagt mir, daß die
Drusen den Vorzug beanspruchen, als sei auf sie die
Kunst des Wahrsagens übergegangen, und daß das

häufige Eintreffen ihrer Vorhersagungen in den Ge=
schichtsbüchern verzeichnet ist. Was mich allein be=
trifft, so muß ich gestehen, Mr. Mostyn, daß trotz
Glaube und Vernunft diese schwarze Prophezeiung
doch zuweilen meinen Geist umdüstert."

„Das hätte ich kaum geglaubt."

„Ach! in meinen andächtigsten Stunden, in mei=
nen frohesten Momenten senkt sich das Andenken an
diese Vorhersagung wie eine schwere Gewitterwolke
auf mich herab, und Andacht und Frohsinn müssen
dem Gefühle des Schreckens und der Bangigkeit
weichen."

„Diese Landläufer! Man sollte nicht dulden, daß
sie in der ganzen Welt herumziehen, um den bösen
Samen aller Orten auszustreuen, und..."

„Thörichten Weibern den Kopf zu verrücken, woll=
ten Sie sagen," ergänzte Constanze.

„O nein! so etwas zu sagen, würde ich mich
nicht erkühnen, wenn ich es auch wirklich dächte, was
aber gewiß nicht der Fall ist."

„Nun," fuhr Constanze fort, „das muß ich doch
zu meiner Selbstvertheidigung sagen, daß, würde die
Prophezeiung, von welcher ich eben gesprochen, nur
mich, mein eigenes Leben betreffen, würde es heißen,
Constanze Wynne wird eines frühzeitigen, schmähli=
chen Todes sterben, ich — so glaube ich wenigstens —
muthig dem Geschicke in's Antlitz schauen könnte,
daß aber dieser frühzeitige und schmachvolle Tod vor=
hergesagt wurde als eine Folge..." Hier hielt sie
inne, schauderte zusammen und sagte dann: „Das

ift aber eine fehr ftrafbare Schwäche! Gewiß, es
muß die Schwüle des Gewitters fein, die fo erschlaf=
fend auf meinen Geift einwirkt; es kann nicht an=
ders fein! Gott lenkt die Welt, und ich appellire von
des Aftrologen Sehergabe an feinen allmächtigen
Schuß!"

Als ob fie die trüben Gedanken aus ihrem Ge=
dächtniffe verwifchen wollte, fuhr fie mit der Hand
über die Stirn, ftand dann auf und fagte zu Mr.
Osborne:

„Wie läßt fich die Nacht an? Wird es wohl
möglich fein, daß ich heute noch nach Haufe gehe?"

„Miß Wynne, hören Sie doch nur, wie der
Sturm den Regen an die Fenfter wirft! Kein le=
bendes Wefen foll bei diefem Unwetter mein Haus
verlaffen, es fei denn mein riefiger Peter, den ich
nach Llyndell fchicken will, um den Ihrigen fagen
zu laffen, daß Sie die Nacht über in meinem Haufe
bleiben werden."

„Es fei," fagte Conftanze ganz heiter. „Sie wif=
fen, lieber Mr. Osborne, daß ich mich niemals in
einen Widerfpruch einlaffe, wenn ich vorausfehen
kann, daß ich am Ende doch den Kürzeren ziehe.
Ich bekenne mich alfo als ihre Gefangene."

Gerald ging an's Fenfter, dann an die Thür,
und endlich zu Mr. Osborne.

„Ich fürchte beinahe," redete er diefen an, „ich
werde in Anbetracht, daß es nicht nur nicht den
Anfchein hat, als wollte fich das Wetter zum Bef=
feren wenden, fondern vielmehr zu beforgen ift, daß

es — wenn möglich — noch schlechter wird, früher an das Nachhausegehen denken und mich von Ihnen beurlauben müssen, als ich glaubte."

„Mr. Mostyn, Sie werden wohl die Bemerkung gehört haben, welche ich eben der Miß Winne machte, und die eben so gut Ihnen als meinem Schwager Frank gegolten hat. Uebrigens sollte ich denken, Sie wären genugsam mit diesen Bergen bekannt, um zu wissen, daß es für Sie absolut unmöglich ist, bei solchem Unwetter sie zu passiren. Und dann wird Sie wohl kein so dringendes Geschäft nach Beakton zurückrufen. Hören Sie nur, wie es stürmt und wettert!"

Der Regen schlug auch wirklich mit solcher Gewalt an die Fenster, daß Gerald, abgesehen davon, daß er sich nicht ungern überreden ließ, auch aus Rücksichten der Nothwendigkeit dem Drängen des gastfreundlichen Pastors nachgab.

Es wurden Lichter hereingebracht, und Mrs. Osborne traf Anstalten zum Thee, welcher auch bald im Speisezimmer servirt wurde.

Nach dem Thee ging die ganze Gesellschaft wieder in das „Parlour."

„Miß Wynne," sagte Mr. Osborne, „wir können die Gelegenheit, Sie für den Rest des Abends bei uns zu haben, nicht so unbenutzt vorübergehen lassen. Der Sturm hat etwas nachgelassen. Ich bin überzeugt, Sie werden so liebenswürdig sein und uns die Freude machen, eines der geistlichen Lieder von Haydn oder Beethoven vorzutragen." Und ohne eine Antwort abzuwarten, bot er Miß Wynne seinen Arm an und führte sie an die kleine Orgel, welche anstatt eines Pianos im Zimmer stand.

Ohne sich zu zieren oder erst lange bitten zu lassen, wie das bei jungen Damen so häufig der Fall ist, setzte sich Constanze vor die Orgel und stimmte nach einem kleinen Präludium den Lob= gesang an:

„Ich weiß, daß mein Erlöser lebt."

Lautlose Stille herrschte, die Zuhörer getrauten sich kaum zu athmen, und die gewaltige Melodie widerhallte in eines Jeden Brust.

Schon hatte Constanze aufgehört zu singen, schon waren die Töne der Orgel verklungen und noch lauschten die Zuhörer.

Mr. Heath war der Erste, welcher den Zauber brach.

„Unvergleichlich, meisterhaft!" rief er aus, „ich glaube kaum, daß dieses große Werk des großen Componisten je besser zur Geltung gebracht wor= den ist."

Nachdem Constanze nun von allen Seiten Weih= rauch gestreut worden war und sie wieder auf dem Canapee Platz genommen hatte, näherte sich ihr Gerald. Er fand nicht Worte genug, um seine Bewunderung über ihren seelenvollen Vortrag aus= zudrücken.

„Ich bin Ihnen zu ewigem Dank verpflichtet für den Hochgenuß, den Sie mir und uns Allen berei= teten," sagte er am Schlusse seiner Lobrede.

„Es soll mich auf's innigste freuen, wenn ich

Ihren Erwartungen entsprochen," erwiderte Con=
stanze, „ohne Zweifel sind Sie ein Freund der
Kirchenmusik?"

„Ja wohl, ich ziehe sie jeder andern vor."

„So auch ich. Ich bin der Meinung, nur das
Lob Gottes kann uns zur gewaltigsten, zur ergrei=
fendsten Musik begeistern."

Das Gespräch wendete sich nun der Musik im
Allgemeinen zu, schien aber kein besonderes Interesse
rege gemacht zu haben, denn gar bald fanden sich
Miß Wynne und Gerald Mostyn in einem tête-
à-tête begriffen, welches so lange dauerte, bis von
der Dame des Hauses das Zeichen zum Aufbruche
gegeben wurde.

Mit einem „Gute Nacht," welches Gerald wie
eine Seraphsmusik klang, verabschiedete sich Con=
stanze, begleitet von Mrs. Osborne.

„Francis, Du weißt, wo Du Dein Bett zu fin=
den hast," sagte jetzt der Pastor, indem er seinem
Schwager ein Licht in die Hand gab, „und nun
bin ich zu Ihren Diensten," fuhr er fort, sich an
Gerald wendend.

Mit einer Verbeugung folgte Gerald seinem
Wirthe in das ihm angewiesene Zimmer.

„Hier ist Ihre Schlafstätte, hier eine Glocke.
Wenn Sie etwas bedürfen, läuten Sie nur Sturm.
Schlafen Sie wohl — träumen Sie süß, aber ja
nicht von Constanze Wynne — es könnte „verlorene
Liebesarbeit" sein, denn ihr Herz scheint gar schwer
zu bezwingen. Gute Nacht!"

Mit diesen warnenden, im Scherze gesprochenen
Worten zog sich Mr. Osborne zurück und sein Gast
blieb allein.

Nicht träumen von Constanze Wynne! Konnte
er von etwas Anderem träumen? Konnte er an
etwas Anderes denken? Kaum vor zwölf Stunden
hatte er sie kennen gelernt, und schon war für ihn
jeder ihrer Blicke, jedes ihrer Worte, jede ihrer Be=
wegungen ein Quell der Liebe geworden, aus dem
er mit vollen Zügen trank. Sie schlug in seinen
Pulsen, sie brannte in seinem Herzen, sie flammte
in seinem Gehirn, mit einem Worte, sie lebte in
seinem Leben. Er mochte sie vielleicht nach dem
nächsten Morgen nie mehr sehen, aber er fühlte es
nur zu deutlich, daß seine Seele für jetzt und für
immer der ihrigen angelobt war.

Lange floh ihn der Schlaf, er schloß zwar die
Augen, aber immer stand das Mädchen mit all'
ihren Reizen vor seinem geistigen Auge. Lange
nachdem das ganze Haus schon in tiefen Schlaf
gesunken war, lag Gerald noch wach im Bette, und
erst beim Grauen des Tages machte auch bei ihm
die Natur ihre Rechte geltend.

Natürlich war es auch schon spät, als er am
andern Morgen erwachte. Erschreckt sprang er von
seinem Lager auf und klingelte.

Ein kleiner Page antwortete dem Rufe, er brachte
ihm die Kleider und meldete, daß in einer halben
Stunde das Frühstück bereit sein werde.

Nach genauer Prüfung seiner Morgentoilette

begab er sich in das „Parlour," wo Mr. und Mrs.
Osborne und Mr. Heath schon seiner harrten.

Er grüßte sie Alle auf's freundlichste, ließ die
stereotypen Fragen nach dem Befinden, nach dem
Geschlafenhaben u. dergl. vom Stapel laufen, sah
sich dabei aber doch verstohlen im Zimmer nach
einer andern Person um.

Constanze Wynne war nicht zugegen.

„Sollte sie vielleicht mit ihrer Toilette noch
nicht fertig sein, das würde mich aber wundern, denn
sie scheint doch so anspruchslos!"

So dachte er. Es vergingen einige Minuten,
Miß Wynne kam nicht. Mr. Osborne kündigte nun
an, daß das Frühstück servirt sei und ging voran
nach dem Speisezimmer.

„Sie werden doch nicht ohne Miß Wynne früh=
stücken," dachte er wieder. Aber man setzte sich doch
um den Tisch herum. Nun faßte sich Gerald ein
Herz und sagte:

„Ich will doch nicht glauben, daß Miß Wynne
unwohl ist?"

„O nein, sie befindet sich ganz wohl, ist aber
schon fort."

„Fort?"

„Ja, fort, verschwunden."

Fünftes Capitel.

Mrs. Horton, die Dame von Lyndell, war zweimal verheirathet und zweimal Wittwe geworden, und Großmutter der Constanze Wynne aus erster, und der drei anderen hübschen Mädchen aus zweiter Ehe.

Der einzige männliche Inwohner und Beschützer der Familie war der Oberst North, ein jüngerer Bruder der Mrs. Horton.

Für Constanze, die Erbin des Familiengutes, hatte die alte Frau die meiste Vorliebe, und bewachte sie wie ihren Augapfel.

Als nun Mr. Osborne's Bote die Nachricht brachte, Miß Wynne werde des heftigen Gewitters wegen die Nacht im Hause der Pastorfamilie zubringen, ertheilte sie gleich den gemessensten Befehl, der Kutscher sollte bei Tagesanbruch anspannen, nach der Pfarre fahren und seine junge Herrin unverweilt nach Hause bringen.

Diesem Befehle wurde auf's pünktlichste Folge geleistet. Auch Constanze fügte sich ohne Widerrede in den Wunsch ihrer Großmutter und traf in Lyndell ein, als sich die Familie eben zum Frühstück setzte.

Nachdem sie der Großmutter die Hand geküßt, die Cousinen umarmt und den Oberst North freundlich gegrüßt hatte, setzte auch sie sich an den Tisch und sagte:

„Liebe Großmama, der Sohn eines Ihrer alten Freunde hält sich in diesem Augenblick in unserer Nachbarschaft auf."

„Ah! wer ist denn das?"

„Mr. Gerald Mostyn. Er will die zwei Ferien= monate in Beakton zubringen."

„Liebes Kind, wo, bei wem wohnt er denn?"

„Im Gasthause."

„Ei, das wundert mich sehr, ich wüßte nicht, daß in Beakton eine passende Unterkunft für einen Gentleman wäre, der sich längere Zeit in der Gegend aufhalten wollte. Warum ist er denn nicht bei seinem Großvater, Mr. Horne, oder bei seinem Onkel, dem Doctor, abgestiegen?"

„Das ginge wohl nicht an, daß er bei Jemandem gastfreundliche Unterkunft suchte, der ihn so zu sagen um sein väterliches Erbtheil gebracht hat."

„Ach ja, ich habe davon reden gehört — und Du magst Recht haben, mein Kind!" bemerkte die alte Frau, und sich an ihren Bruder wendend, sagte sie weiter:

„Lieber Freund, Du wolltest ja heute nach Beak= ton reiten. Willst Du mir den Gefallen thun, bei Mr. Mostyn vorzusprechen und ihm für die Zeit seines Aufenthaltes in dieser Gegend unser Haus antragen?"

„Ohne Weiteres, liebe Schwester, mit vielem Vergnügen," erwiderte der Oberst.

„Mache aber die Einladung in einer Weise, als ob uns damit ein großes Vergnügen bereitet würde, wenn er sie annimmt, denn diese jungen Leute aus guter Familie und in gedrückten Vermögensverhält=nissen sind in der Regel voll Scrupel und falschem Ehrgefühl, was ihnen allerdings zur Ehre gereicht, aber aus welchem ihnen doch kein Nachtheil erwachsen sollte. Ihr seht wohl ein, meine lieben Kinder," fuhr sie gegen die Mädchen gewendet fort, „daß dieser junge Mann eine oberflächliche Einladung sicherlich nicht annehmen würde. Also, lieber Bruder, klug und vorsichtig!"

„Laß mich nur machen," entgegnete der Oberst, „ich sage, ich bringe ihn mit mir, und damit Punktum."

Constanze warf ihm einen dankerfüllten Blick zu. Hatte sie etwa auch schon eine Vorliebe für Gerald Mostyn gefaßt? —

Wir wollen sehen.

Gleich nach beendetem Frühstück schwang sich Oberst North in den Sattel und ritt nach Beakton, gefolgt von einem Groom mit einem Handpferd.

———————

Am selbigen Vormittage saß Gerald in seinem kleinen Zimmer an einem Tisch und hatte ein Buch vor sich aufgeschlagen. Aber umsonst war all' sein Mühen, es wollte ihm nicht gelingen, seiner Auf=merksamkeit die gewünschte Richtung zu geben.

Constanze erfüllte sein Herz und hielt seinen Geist umfangen.

Wäre sie das arme Mädchen gewesen, für welches er sie anfänglich hielt, so hätte sich alles Uebrige finden lassen. Er würde sich bald mit ihr verständigt haben, und er hätte hoffen können, seiner Zeit um ihre Hand anhalten zu dürfen, aber ach! sie war eine reiche Erbin, und nur reiche, angesehene Männer konnten und durften sich um sie bewerben! „Wahrscheinlich werde ich sie nimmer wiedersehen, nie mehr Gelegenheit haben, mich an dem Klange ihrer Stimme zu ergötzen."

„Narr!" rief er endlich aus, „hast Du denn alle Selbstbeherrschung verloren, alle Kraft der Entsagung? Nein, ich will, ich muß meine Gefühle niederkämpfen."

Und wieder blickte er auf das vor ihm aufgeschlagene Buch, und wieder dachte er nur an Constanze.

Er sprang vom Stuhle auf und ging hastig im Zimmer auf und nieder.

Da klopfte es an die Thür, und auf sein „Herein!" trat ein Diener in's Zimmer und meldete, daß ein Herr nach Mr. Mostyn frage.

„Laß ihn heraufkommen," sagte Gerald; er dachte, es sei Mr. Osborne oder Mr. Heath.

Der Diener ging fort und kurz darauf trat ein großer alter Mann von militärischem Aussehen ein, verneigte sich und reichte dem jungen Manne die Hand hin.

„Mr. Mostyn, wenn ich nicht irre?" fragte der Fremde.

„Zu dienen, mein Herr," antwortete Gerald.

„Oberst North," sagte der alte Herr, indem er sich selbst vorstellte.

„Höchst erfreut Ihre Bekanntschaft zu machen, Herr Oberst," entgegnete Gerald, und bat ihn sich zu setzen.

„Ich hörte, Sie haben wieder einmal Ihren Geburtsort besucht," eröffnete der Oberst das Gespräch, „und machte mir das Vergnügen, Sie zu besuchen."

Der junge Mann verneigte sich und erwiderte:

„Es ist mir eine große Ehre, Herr Oberst."

„Ihr Vater und ich waren einmal gute Freunde, unsere Freundschaft ward nur durch seinen Tod gelöst. Aber dessen werden Sie sich wohl kaum erinnern."

„O ja, ich erinnere mich noch recht gut, Sie in unserem Hause gesehen zu haben, desgleichen auch der häufigen Besuche meines Vaters auf Ihrem Schlosse."

„Desto besser. Meine Nichte, Miß Wynne, sagte mir, daß Sie einige Zeit hier zuzubringen gedenken. Nun, Ihres Vaters Sohn soll nicht bei Fremden wohnen, wenn seine Freunde in der Nähe sind. Mit einem Worte, ich bin von meiner Schwester, der Mrs. Horton auf Lyndell, beauftragt, Sie in ihrem, in meinem und im Namen unser Aller zu bitten, Sie möchten für die Dauer Ihres Aufenthaltes in dieser Gegend Ihren Aufenthalt bei uns im Schlosse nehmen."

4*

„Wirklich, Herr Oberſt, ich bin Ihnen und Ihrer
Frau Schweſter recht ſehr verbunden für dieſe freund=
liche Einladung . . ."

„Alſo Sie kommen?" fiel ihm der Oberſt in's
Wort.

„Erlauben Sie mir, daß ich Ihnen für Ihre
Güte den beſten Dank ſage, ſelbſt wenn ich Ihr
gaſtfreundliches Anerbieten nicht annehme."

„Ach! es wird keine abſchlägige Antwort an=
genommen. Das iſt ganz unmöglich. Ich habe den
Damen verſprochen, Sie mitzubringen, und der
Oberſt North iſt gewohnt, ſein Wort zu halten."

„Ach!" dachte Gerald, „ſollte etwa Conſtanze
auch wünſchen, mich im Schloſſe zu ſehen. Ihr
Wunſch wäre mir dann Befehl." Gerald ſah in
dieſem Zuſammentreffen der Umſtände einen Wink
des Schickſals. Er reichte dem Oberſten die Hand
und ſagte:

„Nun gut; der Damen Befehl iſt ein ſtrenges
Gebot. Ich will nicht Schuld ſein, daß Sie, Herr
Oberſt, das erſte Mal in Ihrem Leben wortbrüchig
werden ſollen. Mit Freuden ſtelle ich mich zu
Ihrer und der Damen Verfügung."

„Das laſſe ich mir gefallen," rief der Oberſt
aus. „Nun fort! Unten ſteht ein geſatteltes Pferd
für Sie, in der Vorausſicht auf Erfolg habe ich es
ſchon mit mir genommen."

„In einer Stunde ſtehe ich zu Ihren Dienſten,"
ſagte Mr. Moſtyn.

„Vortrefflich! Ich habe noch ein kleines Geſchäft

hier im Orte abzumachen; so bald ich es zu Ende
geführt haben werde, hole ich Sie ab. Gott be=
fohlen!"

In einer Stunde war der Oberst mit seinem
Gaste auf dem Wege nach Llyndell. —

Sechstes Capitel.

„Evans, komm her," rief Mrs. Horton einer
schon bejahrten Frau zu, welche ihre Vertraute in
allen Hausangelegenheiten war.

Evans stellte das Porzellangeschirr, welches sie
eben vom Frühstückstische abgeräumt hatte, bei Seite
und folgte dem Rufe ihrer Herrin, welche in einem
Armstuhle saß und wie gewöhnlich sich mit Häkel=
arbeit beschäftigte.

„Ich erwarte heute einen Gast," sagte Mrs.
Horton, „Mr. Mostyn Roß, einen jungen Mann
aus guter Familie und einmal sogar sehr reich. Richte
das hintere Zimmer linker Hand, die zweite Thür,
für ihn her. Auch sorge dafür, daß beim Mittags=
mahle nichts fehle, daß der Tisch schön gedeckt sei;
Du weißt, wie sehr ich darauf halte, meinen Gästen
die größtmögliche Aufmerksamkeit zu beweisen."

Evans beendete ihre Arbeit und ging dann, den
Befehlen ihrer Herrin nachzukommen.

Nach einer Weile kündigte das Gebelle der Hunde die Ankunft von Fremden an.

„Ah! das ist gewiß der Oberst mit unserem Gaste," sagte die alte Frau zu sich selbst.

Aber in dem Augenblicke trat Evans in's Zimmer und aus ihrem Gesichte war eine besondere Neuigkeit herauszulesen.

„Nun, was giebt's, wer ist gekommen?" fragte Mrs. Horton.

„Wahrhaftig, gnädige Frau, ich weiß es nicht, aber ein Wagen fuhr herein und darin saß ein junger Herr. O! da kommt David mit einer Visitenkarte."

Der Bediente reichte der Mrs. Horton die Tasse hin, auf welcher die Karte lag. Die alte Frau steckte ihre Brille auf und las:

„Lord Starr! Lord Starr!" rief sie ganz erschreckt aus, „der neue Minister! Mein Gott! David?"

„Gnädige Frau!"

„Wohin habt Ihr den Herrn geführt?"

„In das vordere Sitzzimmer, gnädige Frau."

„Ganz gut. Nun geh' zurück und sage, daß ich gleich erscheinen werde. Dann sorge, daß die Pferde und der Wagen untergebracht werden."

Der Bediente verneigte sich tief und verließ das Zimmer.

„Evans, komm' mit mir auf mein Zimmer und hilf mir Toilette machen," sagte Mrs. Horton, stand auf und ging in ihr Schlafzimmer.

Und während sie ihr schwarzes Seidenkleid gegen ein schwarzes Sammetkleid vertauschte, und ihre Haube, ihr Hals= und ihr Taschentuch gegen schönere und feinere, mit Spitzen besetzte, wurde sie nicht müde, ihrer Vertrauten die gemessensten, bis in's Kleinliche gehenden Befehle zu ertheilen und ihr auf's schärffste aufzutragen, ja nichts zu versäumen, was nur immer dazu beitragen könne, den hohen Gast seinem Range gemäß zu bewirthen.

„Gieb mir jetzt meine goldene Tabaksdose," fuhr sie fort, „und meinen schönen, mit Perlen eingelegten Fächer. Dann rufe David, daß er vorausgehe und mir die Thür aufmache."

Als Evans eben fortgehen wollte, trat Constanze Wynne ein.

„Ah! Constanze," rief die alte Frau aus, „Du kommst mir wie gerufen. Weißt Du, wer unten wartet?"

„Jawohl! Lord Starr und sein Sohn, der Capitän."

„Nun muß ich Dir etwas sagen, mein Kind. Lord Starr ist ein Mann von ungeheurem Vermögen, und nimmt in der Gesellschaft einen sehr hohen Rang ein, abgesehen von seiner officiellen Stellung."

„Das weiß ich wohl."

„Er ist Wittwer, kaum fünfzig Jahre alt, noch ein recht hübscher Mann und sehr liebenswürdig."

„Ganz recht, liebe Großmama, aber was kümmert das mich?"

„Kind! begreifst Du denn nicht? — Du bist zu
einfach angezogen, liebe Constanze, geh' und ziehe
Dein gesticktes Musselinkleid an, nimm Deine
Perlen um, denn bedenke, daß nicht nur der fünfzig=
jährige Lord, sondern auch der fünfundzwanzigjährige
Capitän ganz annehmbare Partien sind."

„Verzeihen Sie mir, liebe Großmama, aber ich
bin eine abgesagte Feindin alles Putzes, und übrigens
werden ja meine Cousinen in ihren prächtigen Klei=
dern nicht verfehlen, die Ehre des Hauses zu retten."

„Ganz richtig, Gott Lob, die Misses Horton ver=
stehen zu leben und wissen, was man hohen Gästen
schuldig ist," entgegnete die alte Frau etwas ver=
drießlich. „Ah! da kommt David. Nun gut, mein
Kind, komme herab, wenn Du glaubst, daß es an
der Zeit sein wird."

Die alte Frau streifte die Falten ihres Kleides
glatt, sah Constanze noch einmal bedeutsam an,
warf einen Blick in den Spiegel, um zu sehen, ob
an ihrer Toilette nichts fehle, und folgte dem Diener
nach dem Empfangssalon.

Die drei Misses Horton ließen nicht lange auf
sich warten, und kaum hatte Mrs. Horton ihre Gäste
begrüßt, so flogen sie auch schon die Treppe hinunter
und waren im Salon.

Constanze ließ sich mehr Zeit.

„Wird er kommen?" dachte sie, als sie durch
Mrs. Horton's Zimmer nach dem Speisesaale und
von da in ihr Zimmer ging. — Sie nahm ein Buch
zur Hand, setzte sich zum Fenster und sah nach dem

Reitsteg hinaus, welcher von den Hügeln herab nach Lyndell führte.

Nicht lange, so kamen drei Reiter über den Kamm des Gebirges geritten. Bevor sie noch die Gestalten erkennen konnte, errieth sie schon, wer sie sein möch= ten; schnell stand sie auf, streifte ihr Haar glatt und ordnete einiges an ihrem Anzuge.

Constanze Wynne war trotz ihrer wenigen Putz= sucht doch zu sehr Weib, um nicht bei gewissen An= lässen einen möglichst vortheilhaften Eindruck machen zu wollen.

Mittlerweile waren die drei Reiter in dem Hof= raume angelangt.

Der Oberst sprang vom Pferde, warf dem Reit= knechte die Zügel zu und hieß Mr. Mostyn, welcher indessen auch abgestiegen war, willkommen auf Lyn= dell. Die beiden Gentlemen traten in das Haus.

David, welcher zufällig auch die Portiersdienste verrichtete, meldete, daß das Zimmer für den frem= den Herrn schon bereit wäre.

„Nun, so führe Mr. Mostyn dahin und stelle Dich zu seiner Verfügung. Indessen,“ fuhr der Oberst gegen seinen Gast gewendet fort, „will auch ich Kleider wechseln und Sie in einer Viertelstunde erwarten.“

„Auf Wiedersehen,“ erwiderte Gerald und folgte dem Diener die Treppe hinauf in das für ihn be= stimmte Zimmer.

Der junge Mann war bald mit seiner Toilette

fertig, und ging hinab, wo er den Oberſten, welcher ſchon auf ihn wartete, in der Halle antraf.

„Ich höre eben, daß wir Beſuch bekommen haben,“ redete ihn der Oberſt an, „Lord Starr, der neue Miniſter, und ſein Sohn, der Capitän bei den Horſe-Guards. Kommen Sie!“

Gerald verneigte ſich und trat mit ſeinem Wirthe in den Empfangsſaal ein.

Der Oberſt grüßte freundlichſt die Geſellſchaft und führte ſeinen Gaſt an das entgegengeſetzte Ende des Saales, wo Mrs. Horton, eine alte ſtattliche Dame, in einem großen Armſtuhl ſaß.

„Liebe Schweſter,“ ſagte der Oberſt, „erlaube mir, Dir meinen jungen Freund Mr. Moſtyn vor=zuſtellen. Mr. Moſtyn, Mrs. Horton.“

Ohne aufzuſtehen reichte ihm die alte Frau die Hand und ſagte: „Es freut mich, Sie bei uns zu ſehen, lieber Mr. Moſtyn. Ihre Eltern waren mir theure Freunde, und ich fühle mich glücklich, die Bekanntſchaft in dem Sohne zu erneuern.“

„Gnädige Frau,“ antwortete Gerald mit einer Verbeugung, „meine Eltern hätten mir kein erwünſch=teres Erbſtück hinterlaſſen können, als Ihre freund=liche Aufnahme.“

„Ich danke Ihnen, lieber Freund, aber ver=geuden Sie Ihre Galanterie nicht an eine alte Frau; ich will Ihnen dafür ein weiteres Feld zumeſſen. Lieber Bruder, führe doch unſern Gaſt zu den jun=gen Damen.“

Der Oberſt reichte Gerald den Arm, und ſie

gingen beide an ein Seitencanapee, wo „die drei Grazien", wie man die Misses Horton nannte, saßen.

Vor der ersten blieben sie stehen, und der Oberst sagte:

„Liebe May, ich stelle Dir hier Mr. Mostyn vor. Mr. Mostyn, Miß May Horton."

Ein freundliches Lächeln und Kopfnicken von Seiten der Dame — eine Verbeugung von Seiteu des Herrn. In gleicher Weise wurde Gerald der Miß Lily und der Miß Violet Horton vorgestellt.

Alle drei waren ihren Namen entsprechend gekleidet. Miß May in einem rosenfarbenen, Miß Lily in einem weißen, Miß Violet in einem violetfarbenen Kleide.

Jetzt kam die Reihe, dem Lord Starr und schließlich seinem Sohne vorgeführt zu werden.

Nachdem diese officiellen Präsentationen vorüber waren, führte der Oberst seinen Gast wieder zurück zu dem Canapee und wies ihm einen Stuhl neben Miß Violet an, welche, obgleich sie im Ganzen genommen sehr viel Aehnlichkeit mit den beiden anderen Wachspuppen hatte, doch etwas lebhafter und gesprächiger war, als diese.

„Wo bleibt doch Constanze?" dachte Gerald.

Glücklicherweise hatte er kaum Zeit genug, seine Betrachtungen über ihre Abwesenheit anzustellen, als die Thür aufging und die Langersehnte eintrat.

Sie grüßte die Versammlung mit der ihr eigenen Grazie und ging dann auf ihre Cousinen zu.

Gerald's Herz wollte vor Freude zerspringen.

Ohne zu wissen, wie das gekommen war, stand er bereits an ihrer Seite und führte sie zu einem Stuhle neben dem Canapee; er selbst nahm neben ihr Platz.

Leider war die Gesellschaft zu wenig zahlreich, um ein tête-à-tête zu gestatten; das Gespräch wurde ein allgemeines.

Mrs. Horton wartete nur einen unbeachteten Moment ab, um dem Obersten ein Zeichen zu geben, er möge zu ihr kommen.

„Bruder," sagte sie ganz leise zu ihm, „wir müssen für heute Abend dem Lord Starr zu Ehren eine größere Gesellschaft zu uns bitten. Besteht zwischen unserem Gast und dem alten Mr. Horne ein so gewaltiges Zerwürfniß, daß es unpassend wäre, ihn einzuladen, so lange der junge Mensch bei uns wohnt?"

„Ganz und gar nicht," antwortete der Gefragte ebenfalls mit halber Stimme; „obgleich er nicht bei dem alten Herrn wohnen will, so stehen sie, wenn= gleich auf etwas gespanntem, doch nicht auf feind= seligem Fuße."

„Gut; so will ich mich jetzt gleich davon schlei= chen," sagte Mrs. Horton, „und ein paar Zeilen an Mr. Horne schreiben; es ist keine Zeit mehr zu verlieren."

Unter den Zurückgebliebenen entspann sich nun ein Gespräch über sociale Zustände, und über die Art und Weise, deren Uebelständen abzuhelfen.

Lord Starr und der Oberst befürworteten die

conservative Seite der Frage, und waren für Ge=
fängniß, Pranger und Schaffot. Mr. Mostyn faßte
diese Frage von der liberalen Seite auf, und war
für Präventiv = Maßregeln und Heranbildung des
Volkes, als die einzige Abwehr der Verbrechen.

Die Discussion dauerte aber nicht sehr lange,
denn der Bediente kam, das Mittagsmahl anzusagen.

Gerald wurde das Glück zu Theil, Constanze
in den Speisesaal zu führen, oder besser gesagt, er
wußte so geschickt zu manövriren, daß es beinahe den
Anschein hatte, als wäre es wirklich der leidige Zufall
gewesen, der ihn so begünstigte.

Nach Tisch ging die ganze Gesellschaft in den
Garten, und jeder suchte sich ein schattiges Plätzchen
aus, um sich vor der drückenden Hitze zu schützen.

Gerald und Constanze setzten sich unter eine
dichtbelaubte Linde.

„Sie studiren die Rechtswissenschaft, Mr. Mostyn,"
sagte Constanze. „Dieses Studium ist als ein sehr
trockenes verschrieen, aber ich möchte beinahe behaupten,
Sie finden es nicht so."

„Sicherlich nicht," antwortete Gerald mit einem
Blicke, welcher sagen wollte: „Aber wie konnten Sie
das vermuthen."

„Ich betrachte das Jus," fuhr Constanze fort,
„als die Wissenschaft der menschlichen Gerechtigkeit,
als eines der interessantesten Studien, die es nur
geben kann. Wäre ich ein Mann, ich würde mich
gewiß auch der Rechtswissenschaft gewidmet haben."

„Das heißt," bemerkte Gerald, „wenn Sie, so

wie ich, ohne Vermögen und daher genöthigt worden
wären, sich ein Brotstudium zu wählen."

„O nein! Ich bin der Meinung, Mr. Mostyn,
daß kein Reichthum der Welt einen Mann abhalten
sollte, in irgend einer Weise sein Scherflein zum all=
gemeinen Besten beizutragen."

„Ganz richtig, Miß Wynne, ganz richtig."

„Ich wünschte, es gäbe für mich ein schwereres
Werk zu vollführen, als einem Haushalt vorstehen;
nicht daß ich die Pflichten einer Hausfrau unter=
schätzen wollte, aber eine energische Frau in meinen
Verhältnissen erübrigt noch immer Zeit genug, um
ihrer Thätigkeit auch noch eine andere Richtung zu
geben. Reichthum ist für gewisse Frauen sicherlich
ein Unglück zu nennen."

„Das sagen Sie, Miß Wynne?"

„An mir ist die Tochter eines Mannes aus dem
Volke — in der guten Bedeutung des Wortes —
verdorben. Aber die Zukunft muß und wird das
anders gestalten; — ich habe eine Ahnung, daß ich
einer härteren Prüfung vorbehalten bin."

„Das ist das Mädchen, von welchem ich lange
träumte, bevor ich noch ihre Gesichtszüge sah, ihre
Silberstimme hörte," dachte Gerald. „O nein! das
Schicksal kann mich nicht so äffen wollen, es kann
mich ihr nicht näher gebracht haben, blos um mich
wieder von ihr zu reißen."

Ohne Absicht, weder von ihrer, noch von seiner
Seite, kamen sie auf Gerald's Geschichte, auf seine
Aussichten zu reden. Und wie er so vertraulich mit

ihr sprach, schien es ihm, als ob der Verlust seines
väterlichen Erbtheils zur gänzlichen Unbedeutsamkeit
herabsänke, während sein künftiger Beruf sich bis
zur höchsten Wichtigkeit steigere.

So im traulichen Gespräche versunken, wandelten
sie im Schatten der duftenden Bäume, bis die Sonne
hinter dem Horizont verschwunden war und der
Mond in voller Glorie über die Hügel heraufzog. —

Siebentes Capitel.

„Der Thee ist servirt," meldete der alte David,
mit einer Verbeugung vor die beiden jungen Leute
hintretend.

Die Gesellschaft bewegte sich allmälig gegen das
Haus zu, und Constanze und Gerald folgten nach.

Mrs. Horton saß schon am Tische, zu ihrer
Rechten Lord Starr.

Der Oberst North nahm den untersten Platz ein.
Die Anderen vertheilten sich zu beiden Seiten des
Tisches.

Nachdem der Thee getrunken war, verfügte man
sich in den Salon, wohin auch bald die später geladenen Gäste kamen.

Zuerst wurden Mr. und Mrs. Osborne und
Mr. Heath angemeldet, kurz darauf kamen der Doc-

tor und Mrs. Horne; der Doctor ein eleganter
Herr, seine Frau ein zartes Weibchen von blassem
Aussehen mit pechschwarzem Haar.

Als der letzte von Allen, und zum großen Staunen
aller Anwesenden, trat der alte Mr. Horne ein.
Er war der Artigkeit wegen eingeladen, aber Nie=
mand glaubte, daß er die Einladung annehmen
werde.

Er kam nicht allein. An seinem Arme hing
ein junges Mädchen, welches nicht eingeladen war,
das er aber mit aller Förmlichkeit der Frau vom
Hause vorstellte als Miß Owen, die Tochter eines
verstorbenen Freundes und seine Mündel. Sie sei
erst diesen Morgen angekommen, und im Vertrauen
auf Mrs. Horton's allbekannte Güte habe er es ge=
wagt, sie mit sich zu bringen.

Die alte Frau empfing das Mädchen mit der
ihr zur zweiten Natur gewordenen Herzlichkeit.

Miß Alice Owen's Erscheinung erregte nicht ge=
ringes Aufsehen. Denn abgesehen davon, daß das
Erscheinen eines Fremden in einem ländlichen Cirkel
immer Epoche macht, war ihre Persönlichkeit auch
ganz darnach angethan, Sensation zu erregen.

Miß Alice war wirklich schön zu nennen, zwar
nicht von jener classischen Schönheit, wie Constanze
Wynne oder jener wachspuppenartigen, wie die Mrs.
Horton's, sie trug an sich das Gepräge eines orien=
talischen Typus in seiner edelsten Form. Sie war
nicht groß, aber sehr ebenmäßig gebaut, ihre Züge
waren regelmäßig, ihr Teint etwas dunkel, aus ihren

großen feurigen, von langen Wimpern beschatteten
Augen blitzte der Abglanz einer starken Seele,
schwarze reiche Locken umwallten das liebliche Gesichtchen. Mit einem Worte, sie war ein Mädchen,
welches auf den ersten Blick eine glühende Leidenschaft einflößen konnte, aber noch einnehmender als
ihr Aeußeres war ihre Gemüthlichkeit, ihre Frei-
müthigkeit, ihre Herzensgüte, mit welcher sie Alle zu
fesseln wußte, welche Gelegenheit hatten, sie näher
kennen zu lernen.

Mrs. Horton verstand sich gar gut auf Phy-
siognomien und fühlte sich schon von allem Anfange
an zu ihr hingezogen. Nach einem kurzen Gespräche,
in welchem der erste günstige Eindruck nur noch
erhöht wurde, nahm sie Miß Alice bei der Hand
und führte sie zu den jungen Leuten, welche eben
großen Rath hielten, was nun weiter für den Abend
zu beginnen wäre.

Mit aller Bescheidenheit mischte sich Miß Alice
unter die Jugend und fühlte sich bald heimisch in
ihrer Mitte.

Miß May Horton schlug vor, das sogenannte
„Orakel" zu spielen, welcher Vorschlag auch einstim-
mig angenommen wurde. Das Fräulein vom Hause
holte das Spiel, während sich die ganze Gesellschaft
um den Tisch herum setzte, mit Ausnahme von Constanze, welche sich abseits hielt, und Gerald's, welcher ihrem Beispiele folgte.

„Kommen Sie doch auch mit an den Tisch,
Constanze," sagte der Capitän.

„Komm doch," sagte Miß May.

„Ich getraue mir selbst im Scherze nicht, meine Zukunft noch einmal zu befragen," sagte Constanze ganz leise zu ihrem Nachbar.

Mr. Mostyn lächelte über diese Schwäche, welche er dem sonst so vernünftigen Mädchen nicht zuge=traut hätte. Welch eine Macht übte dieses ironische Lächeln auf sie aus!

„Ich will doch auch das Orakel befragen," sagte sie plötzlich und setzte sich an den Tisch; Mr. Mostyn nahm neben ihr Platz.

Tiefes Schweigen herrschte. Miß May mischte die Karten und sagte zu dem rechts neben ihr sitzen=den Capitän:

„Was soll Ihnen die Sibylle sagen?"

„Ich möchte meine künftige Lebensgefährtin ken=nen lernen," lautete die Antwort.

„So ziehen Sie."

Der junge Mann zauderte ein wenig, lächelte und nahm eine Karte.

„Lesen Sie!" Mit diesen Worten reichte er der Sibylle die gezogene Karte hin.

„So hören Sie!" rief sie aus:

„Eine Wittwe, schön wie der Tag, sei Dir beschieden, und das Füllhorn des Glückes wird sich über Deinem Haupte aufthun."

„Eine Wittwe, eine Wittwe!" riefen Alle aus und klatschten in die Hände, „wer hätte das gedacht? Woher aber eine solche Wittwe nehmen?"

„Das will ich Euch gleich sagen," meinte eines von den Mädchen. „Doctor Horne nimmt aus Versehen eines seiner eigenen Medicamente ein, und dann ..."

„Richtig! Habt Ihr nicht alle bemerkt, mit welcher Bewunderung der Capitän seine Frau betrachtet hat?"

„Meine Damen," entgegnete der Capitän, „ich sehe kein Unrecht darin, eine hübsche Frau zu bewundern."

„Freilich nicht, besonders junge Wittwen."

„Ich kann junge Wittwen nicht leiden," erwiederte der Capitän.

Allgemeines Gelächter folgte dieser freimüthigen Erklärung.

Die Heiterkeit, welche an dem Orakel = Tische herrschte, zog die Aufmerksamkeit der älteren Glieder der Gesellschaft auf sich, welche, des ernsten Gespräches müde, sich um die Spielenden herumstellten.

„Was geht denn da vor, meine Damen?" fragte Lord Starr, der sich hinter die Sibylle gestellt hatte.

„Wir lassen uns wahrsagen," antwortete Miß May. „Bleiben Sie nur da, Sie werden viel zu lachen haben."

„Mylord, Sie sollen der Schwiegervater einer Wittwe werden," sagte Miß Lily.

„Wollen Sie auch in die Zukunft schauen?" fragte Miß May.

„Mit Vergnügen, meine schöne Sibylle," sagte der Lord.

5*

„Was soll Ihnen die Sibylle sagen?"

„Wer wird meine künftige Frau sein?"

„Ziehen Sie."

Lächelnd zog Lord Starr eine Karte und gab sie Miß May.

„Hört!" rief die Sibylle:

„Ein Mädchen, noch nicht zwanzig Jahre alt..."

„Ah! eine Frau von nicht zwanzig Jahren und eine Wittwe als Schwiegertochter," riefen Alle aus, „das ist gar zu schön. Mylord, Sie scheinen vom Glücke sehr begünstigt."

Nun kam die Reihe an Miß Violet.

„Nein, nein, ich will noch warten," sagte sie, als sie den alten Mr. Horne an den Tisch treten sah, „ich trete meinen Rang an Mr. Horne ab. Kommen Sie nur her, Sie sollen auch wissen, was Ihnen noch bevorsteht."

„Die Zukunft eines achtzigjährigen Mannes ist bald vorhergesagt, meine jungen Damen," erwiderte der alte Mann.

„O nein! Niemandes Schicksal ist ganz abge= schlossen, so lange er noch lebt," sagte Miß May. „Ziehen Sie nur."

Mr. Horne that, wie ihm geheißen.

Die Sibylle nahm die Karte aus seiner Hand und las:

„Deine Zukunft ist voll von Schrecken. Von falschen Freunden droht Dir Ver=

derben. Ein Feind lauert Dir auf. Nimm Dich wohl in Acht!"

„Ei, ei! was für ein ernster Spaß!" rief Mr. Horne verächtlich aus und machte seinem Neffen Platz, welcher die ganze Zeit hinter ihm gestanden hatte.

„Wollen Sie mir erlauben, daß auch ich mein Schicksal in die Schranken fordern darf?" sagte Doctor Horne zu der Sibylle.

„Und was wünschen Sie zu wissen?"

„Meine Zukunft?"

Der Doctor zog und gab das Blatt an Miß May. Sie las:

„Ich kenne Dich. Du scheust die Nacht mit ihren flammenden Sternen, denn sie fragt Dich, was für ein Geheimniß Deine Seele birgt. Gehe heim und bete."

„O, wie sich der Doctor schon entfärbt," rief die schnippische Violet aus; „wenn man ihn so ansieht, sollte man meinen, es nage jetzt schon tiefe Reue über ein noch nicht begangenes Verbrechen an seinem Herzen."

„Barer Unsinn!" erwiderte der Doctor mit lächelnder Miene und wendete sich vom Tische ab.

Die nächste an der Tour war Alice.

„Und was suchen Sie, geehrtes Fräulein, in diesem magischen Kreise?" fragte Miß May.

„Meine Zukunft," war die Antwort.

Miß Owen nahm eine Karte aus dem Spiele und händigte sie der Sibylle ein.

Diese las:

„O, frage mich nicht weiter um Dein
Geschick. Es fällt Dir ein verzweifelt
Loos. Der Tod wär' Wohlthat Dir."

Alice schauderte zusammen und bedeckte ihr Ge=
sicht mit beiden Händen.

„Ich will die Karten weglegen," sagte Miß
May, „denn sie fangen an, unheilverkündend zu
werden."

„Nein, nein," schrieen Lily und Violet wie aus
einem Munde, „das darf nicht sein, auch Constanze,
Mr. Heath und Mr. Mostyn sollen ihren Theil an
der Prophezeiung haben."

„So muß jemand anderes die Rolle der Sibylle
übernehmen," sagte Miß May etwas betroffen, „ich
kann nicht mehr weiter."

„Nein, nein, dieselbe Sybille muß bis an's
Ende bleiben," bemerkte Mr. Heath mit ironischem
Ernste. „Keine Parteilichkeit. Uebrigens jetzt, wo
sie eben im Zuge ist, wo eine überirdische Macht
über ihr zu walten scheint, wo ein prophetischer
Geist sie beseelt, da werden ja ihre Worte zu Wahr=
heiten."

„Freilich wohl," fielen alle Uebrigen im Chore
ein, und Miß May war bemüht ihren Sitz wieder
einzunehmen.

„Wenn es so sein soll," sagte sie zu Mr. Heath
gewendet, „so ziehen Sie."

Mr. Heath that wie ihm geheißen.

Die Sibylle las:

„Ich sehe das Gewitter nahen, ich sehe

Deinen Kahn auf den bewegten Wogen
tanzen. Der Gegenstand Deiner Liebe
ist mit Dir."

„Sehr dunkel gehalten," rief Mr. Heath lächelnd
aus, „wie die Orakelsprüche gewöhnlich sind."

Es trat eine kleine Pause ein. Die Reihe war
an Constanze gekommen, und man sah es ihr an,
daß sie nur mit Widerwillen an dem Spiele theil=
nahm. Erst als ihr von allen Seiten zugeredet
wurde und um sich in den Augen der Anderen nicht
lächerlich zu machen, fügte sie sich dem allgemeinen
Wunsche und zog eine Karte.

Auf dieser stand geschrieben:

„Träume ich oder wach' ich? Ich sehe
eine Jungfrau im Brautgewande. Lä=
chelnd steht sie am Rande eines Ab=
grundes."

Constanze wurde bleich, sie sagte sich allerdings,
daß die Uebereinstimmung dieses Ausspruches mit
jenem der Zigeunerin nur zufällig sein konnte, und
doch übermannte sie ein beängstigendes Gefühl.

„Nun, Mr. Mostyn," sagte Miß May, „ziehen
Sie."

Er zog die Karte.

Die Sibylle übernahm sie; ein unwillkürlicher
Schauer durchfuhr ihre Glieder und sie las:

„Schmach und Schande erwarten Dich;
schimpflicher Tod steht Dir nahe."

Ein leiser Schrei entfuhr Constanzens Brust.

„Wirf die Karten von Dir," sagte sie zu May,

„es ist sündhaft, die Geheimnisse der Zukunft er=
gründen zu wollen."

Miß May packte die Karten zusammen. Ueber
die früher so fröhliche Gesellschaft hatte sich aber
düsterer Ernst gebreitet.

„E i n e Schwäche hat sie doch," dachte Gerald,
„und dessen bin ich beinahe froh. Das macht sie
mehr menschlich und zieht sie mehr zu mir herab.
Ohne diese Schwäche wäre sie ja vollkommen!"

Jetzt wurden Erfrischungen herumgetragen und
das zerstreute die jungen Leute wieder ein wenig.
Nur Constanze konnte während des übrigen Abends
ihre Heiterkeit nicht wieder gewinnen.

Zu ihrer größten Freude brach die Gesellschaft
bald auf und im herrlichsten Mondschein fuhren die
Gäste nach Hause.

Wie sich der alte Mr. Horne von seinem Enkel
beurlaubte, sagte er zu ihm:

„Vor Deiner Abreise hoffe ich Dich bei mir zu
sehen."

Statt aller Antwort verneigte sich Gerald, denn
er verstand nur zu wohl, daß diese Einladung eine
reine Förmlichkeit war.

Achtes Capitel.

Mrs. Horton bildete sich ihre eigene Meinung über die Ursache, um deretwillen Lord Starr, der Minister, die Staatsgeschäfte' und die Freuden des Hofes und der großen Welt verließ, um einige Tage auf einem entlegenen Schlosse in aller Zurückgezogenheit zuzubringen. Bevor noch eine Woche vorüber war, zeigte es sich, daß die alte Frau ganz richtig gerathen hatte.

Lord Starr sah Constanzen zum ersten Mal bei dem Derby-Rennen. Ihr Aeußeres bezauberte ihn auf den ersten Blick, ihr Geist trug das Seinige dazu bei, diesen Zauber noch zu erhöhen, und Zeit und Ueberlegung ließen ihn bis zu einem festen Entschlusse heranreifen.

Mit einem Worte, der Lord war nach Wales gekommen, in der Absicht, um Constanzens Hand anzuhalten, und hatte auch während seines Aufenthaltes auf Llyndell-Manor nichts unterlassen, was ihn der reichen Erbin hätte näher bringen können.

Constanze war aber trotz ihrer wenigen Welt- und Menschenkenntniß doch scharfsichtig genug, um Lord Starr's Absicht zu errathen, und hatte Tact genug, um seiner Gesellschaft auszuweichen, ohne daß es auffällig wurde, und auf diese Weise einen directen Antrag möglichst hinauszuschieben.

Diese Manöver konnten aber doch für die Dauer

nicht ausreichen, und um endlich diese Angelegenheit mit einem Schlage zu Ende zu bringen, gewährte sie eines Morgens dem Lord die gewünschte und so hartnäckig verlangte Unterredung.

Nachdem Lord Starr mit aller seinem Alter zukommenden Art und Weise der Auserwählten seine Bewunderung zu erkennen gegeben und ihr schließlich seine Hand und sein Herz angetragen hatte: erwiderte Constanze mit möglichster Ruhe und in schonendster Weise:

„Mylord! Ich fühle mich höchst geehrt durch den Vorzug, welchen Sie mir vor vielen weit Würdigeren meines Geschlechts geben, bin aber gleichzeitig auch sehr betrübt darüber, weil ich mich genöthigt sehe, diesen ehrenvollen Antrag abzulehnen."

„Miß Wynne!" entgegnete der Lord, „lassen Sie mich doch hoffen, daß diese Antwort nicht eine unabänderliche sei."

„Lord Starr, lassen Sie mich hoffen, daß Sie mich nicht noch einmal zwingen werden, undankbar zu scheinen für die Auszeichnung, welcher Sie mich würdig halten," antwortete Constanze mit einigem Nachdruck in Wort und Stimme.

„Also habe ich wirklich nichts zu hoffen?"

„Außer meiner Achtung und Dankbarkeit — nichts, Lord Starr," entgegnete Constanze auf das bestimmteste.

Der verstoßene Bewerber nahm den Bescheid scheinbar mit aller Ruhe hin, reiste aber noch an demselben Abende von Llyndell ab.

Aber nicht einen Augenblick ließ sich Constanze durch seine erzwungene Freundlichkeit irre führen, und sie bemerkte gar wohl, wie er einen Blick des Hasses auf sie und auf Mr. Mostyn warf; sie fühlte, daß die scharfen Augen der Eifersucht eine Entdeckung gemacht, welche für alle außer ihr noch ein Geheimniß war.

„Es giebt Männer," sagte sie zu sich selbst, „welche — wenngleich als Geliebte freundlich zurückgewiesen — sich doch als Freunde bewahren; aber dieser gehört nicht zu dieser Klasse. An Lord Starr habe ich von heute an einen Todfeind."

Derselben Meinung war auch das Haupt der Familie.

„Ach! Constanze, Constanze, mein Kind, was hast Du gethan? Lord Starr verließ uns mit sichtlichem Unwillen, das sah ich ungeachtet all' seiner Höflichkeit," sagte Mrs. Horton, als sie nach ihres hohen Gastes Abreise allein mit ihrer Enkelin im Parlour saß.

„Nichts, was den Gleichmuth des Lord hätte stören sollen," entgegnete Constanze. „Ich habe seinen Antrag zurückgewiesen, das war Alles."

„Ach, Constanze! Du hast eine Verbindung ausgeschlagen mit all' ihren unzähligen Vortheilen, welche Dich in die Lage versetzt hätte, Deiner Familie und Deinen Freunden zu nützen. — Hast Du denn gar keinen Ehrgeiz?" jammerte die alte Frau.

„Im Gegentheile, liebe Großmutter! Ehrgeiz ist

bei mir zur Sünde geworden. Ich strebe nach Aus=
zeichnung mit fündigem Verlangen."

„Und dennoch haft Du diese hohe Stellung aus=
geschlagen?"

„Die Auszeichnung, die ich verlange, muß eine
rein persönliche sein — muß aus mir herausgehen,
muß mir ganz allein eigen sein. Würde ein Kaiser
mich neben sich auf den Thron setzen und sein Reich
mit mir theilen, ich könnte das nicht Auszeichnung
nennen. Ich würde es ein Ereigniß oder eine Laune
des Kaisers nennen. Aber sollte ich den harten
Kampf des Lebens an der Seite eines Mannes
durchzukämpfen haben, den ich ehre, sollte ich mit
ihm den Sieg und die Herrschaft theilen..." hier
hielt Constanze inne und ein Seufzer entwand sich
ihrer Bruft, als überfiele sie plötzlich ein unnenn=
barer Schmerz.

„Romantisches Mädchen!" sagte die Großmutter;
„nun gut, Du bift erft achtzehn Jahre alt. Aber,
Constanze, Du haft nicht nur eine hohe Stellung
von Dir gewiesen, Du haft Dir auch einen mächti=
gen Mann zum Feinde gemacht. Kind, fürchtest Du
Dich nicht?"

„O nein! Lord Starr ift wenigstens ein ehren=
hafter Feind."

„Lieber Engel! Die Feindschaft, welche aus Eifer=
sucht entspringt, ift niemals ehrenhaft, sie ift unge=
recht, sie ift rachsüchtig, sie ift sehr zu fürchten. —
Erwarte für Niemanden eine Gunst, so lange Lord
Starr am Ruder sitzen wird."

„Liebe Großmama!" entgegnete Conſtanze la=
chend, „da keiner meiner Freunde dermalen ein
öffentliches Amt ſucht, ſo habe ich nicht nöthig, für
ſie eine Begünſtigung zu erbitten, und da noch keiner
von ihnen jemals die Majeſtät der Geſetze beleidigt
hat, ſo iſt es nicht wahrſcheinlich, daß ſie nöthig
haben werden, die Gnade des Miniſters in Anſpruch
zu nehmen..."

Kaum hatte ſie aber dieſe letzten Worte aus=
geſprochen, ſo brach ſie kurz ab, wurde todtenbleich
und ſchauderte zuſammen. Sie dachte an die Pro=
phezeiung der Zigeunerin.

„Conſtanze, mein Kind, was iſt Dir?" fragte
die alte Frau ganz erſchreckt und beſorgt.

„Nichts, liebe Großmama, ein leichter Schwindel.
Es iſt ſchon wieder vorüber," ſagte Conſtanze und
that ſich alle Gewalt an, um ihre Faſſung wieder
zu erlangen.

Bald darauf war die Unterredung zu Ende, denn
Mrs. Horton wollte ihren häuslichen Geſchäften nach=
gehen, die ſie von niemand Anderem beſorgen ließ.

Ach, nur zu bald ſollte Conſtanze Wynne erfahren,
wie Unrecht ſie hatte, zu glauben, ſie werde niemals
die Gunſt eines Miniſters in Anſpruch nehmen dürfen.

Neuntes Capitel.

Mit der Abreise des Lord Starr war Gerald
Mostyn ein Stein vom Herzen gefallen. Jeden
Morgen machte er mit Constanze Wynne und ihren
Cousinen einen Spazierritt, und war beinahe sicher
während des Rittes sich mit Constanzen in einem
tête-à-tête zu finden. In den späten Abendstunden
las er den Mädchen vor, und auch da traf es sich,
daß, bevor die Lectüre noch zu Ende war, die drei
Cousinen eine nach der andern sich davon schlichen
und ihn, mit Constanzen im eifrigen Gespräche be=
griffen, allein zurückließen.

Warum thaten das die Misses Horton?

Zuerst, weil sie mit dem Scharfblick des Weibes
gar wohl erkannten, daß zwischen den beiden jungen
Leuten ein Liebeseinverständniß in schönster Blüthe
stand; zweitens, weil sie als zartfühlende Mädchen
mit den Verliebten sympathisirten, und drittens, weil
sie, dem Weltlichen und Prunkhaften so sehr anhän=
gend, nicht eifersüchtig waren auf ihrer Cousine un=
bedeutenden Verehrer.

So ward nun Mr. Mostyn's Leidenschaft für
Constanze aller Vorschub geleistet. Machte er sich diese
Gelegenheit zu Nutzen?

Wir Alle wissen, welch ein beredter Fürsprecher
die „Hoffnung“ ist, wenn wir ihr einmal vor un=
serem inneren Forum Sitz und Stimme eingeräumt

haben. Gerald Mostyn verstand nicht den anmaßen=
den Stolz der Familie, mit welcher er unter einem
Dache wohnte und welche ihn mit aller Zuvor=
kommenheit behandelte, jenen Stolz, welcher es gar
nicht für möglich hielt, daß er an eine Verbindung
mit einem Mädchen aus ihrer Mitte auch nur den=
ken könne.

Er prüfte genau alle Umstände und kam zu dem
Schlusse, daß er wohl vernünftigerweise hoffen dürfe.
Mrs. Horton und der Oberst North schienen ihm
sehr zugethan, die Misses Horton erkannten in ihm
stillschweigend den Verehrer ihrer Cousine, Constanze
selbst theilte seine Neigung, das sagte ihm ein ge=
wisses Etwas — die geheime Sympathie der noch
nicht erklärten Liebe.

Und doch wankte er. Wie konnte er, der arme,
unbedeutende junge Mann, es wagen, um die Hand
der reichsten Erbin in der ganzen Grafschaft anzu=
halten, ohne sich dem Verdachte niedriger Absichten,
dem Vorwurfe der mißbrauchten Gastfreundschaft und
des Undankes auszusetzen? Ach, wäre doch Con=
stanze arm und er reich!

Mittlerweile rückte der Tag seiner Abreise nach
London mit Riesenschritten heran.

Es kam der Vorabend seiner Reise.

Mrs. Horton und Oberst Horton hatten sich
zurückgezogen. Die Mädchen und Mr. Mostyn
promenirten in dem Laubengange vor dem Hause
auf und nieder. Aber allmälig verlor sich eine nach
der andern, bis endlich — wie gewöhnlich — Mr.

Mostyn und Constanze allein blieben. Das Ge=
spräch, welches sich ohnedies nur mühselig fort=
schleppte, da Beide nicht gelaunt waren, über gleich=
giltige Dinge zu sprechen, und sich nicht getrauten,
das Hauptthema anzuschlagen, gerieth nach und nach
in's Stocken. Die bevorstehende Abreise erfüllte
Beider Gedanken, und lastete mit Centnerschwere auf
ihren Herzen. Ein beinahe unwiderstehlicher Drang
trieb Gerald an, zu sprechen, — Constanze seine Liebe
zu gestehen, und die Zweifel anzudeuten, welche ihn ab=
hielten, sich um ihre Hand zu bewerben. Aber dann
dachte er wieder, ein solches Geständniß könnte ihm
den Anschein geben, als wolle er an ihre Großmuth
appelliren.

„Nein, nein!" rief er in seinem Inneren aus,
„mein Herz mag brechen, aber — ich schweige."

Constanze las aber in seiner Seele wie in einem
aufgeschlagenen Buche. Ihre eigene innige Liebe ließ
sie die Tiefe seiner Leidenschaft ermessen; ihr eigener
Sinn für Ehre ließ sie Gerald's Bedenken würdigen.
Und er, der das wußte, würde er, konnte er sie ver=
lassen, ohne ihr seine Liebe zu gestehen? Stand ihr
denn keine weibliche List zu Gebote, welche ihm das
süße Wort des Geständnisses hätte entlocken können?
Sie dachte an Desdemona, an Miranda, an Ju=
liette, welche alle ihren Geliebten auf mehr als hal=
bem Wege entgegenkamen. Aber in ihrem Charakter
lag etwas, was jeden Schatten von List von sich wies.
Sie hätte es eher über sich gebracht, zu Gerald zu
sagen: „Gerald, sprich zu mir, denn ich liebe Dich"

— als daß sie ihm ein Geständniß durch weibliche Künste hätte entlocken wollen.

Während die verschiedenartigsten Gedanken und Gefühle unsere Liebenden quälten, setzten sie ihren Spaziergang in der Laube stillschweigend fort.

Plötzlich blieb Gerald stehen und sagte:

„Entschuldigen Sie, Miß Wynne, daß ich Sie so lange der feuchten Abendluft aussetze."

„Oh nein, nein!" entgegnete Constanze, aber ihre Stimme zitterte wie die Saiten einer Aeols= harfe vor innerer Bewegung.

„Erlauben Sie, daß ich Sie in den Salon be= gleite und dann — von Ihnen Abschied nehme."

„Abschied!" — wiederholte sie, „wie so Abschied? Wir sehen uns ja noch morgen früh."

„O nein; der Oberst war so freundlich, ein Pferd zu meiner Verfügung zu stellen, und mit Tagesanbruch verlasse ich Llyndell, um in Beakton den Eisenbahnzug nicht zu versäumen," sagte er, indem er Constanze gegen die Hausthür führte. Dort angelangt, blieb er stehen, nahm des Mädchens Hand und hielt sie eine Weile in der seinen, dann sagte er mit bewegter Stimme:

„Constanze, ich danke Ihnen noch einmal für alle Freundlichkeit, die Sie mir erwiesen, der Himmel segne Sie dafür. Und nun Gott befohlen!"

Er führte ihre Hand an seine Lippen, drückte einen brennenden Kuß darauf, dann ließ er sie los und drehte sich um. Eine Thräne stahl sich aus seinen Augen.

„Gerald!"

Sie flüsterte nur diesen Namen, aber in diesem Geflüster spiegelte sich die tiefe Wahrheit ihrer Seele ab.

„Constanze!" rief Gerald aus, und im nächsten Augenblick war er an ihrer Seite, zu ihren Füßen. Der lange verhaltene Born seiner Liebe übersprudelte, und er sagte ihr Alles: — seinen jugendlichen Traum von dem Ideale eines Mädchens, welches er zu seiner Lebensgefährtin wählen möchte — das Zusammentreffen mit ihr in der Kirche — wie er in ihr sein Ideal erkannt — seine Verzweiflung, als er erfuhr, daß sie eine so reiche Erbin sei — wie er vergebens sich bemühte, seine erwachende und wachsende Liebe zu ihr niederzukämpfen — seinen endlichen Entschluß, abzureisen, ohne ihr seine Liebe gestanden zu haben.

Constanze hörte ihn mit sichtlichem Vergnügen an, endlich machte auch sie ihrem Herzen Luft. Sie fragte ihn, wie es denn möglich gewesen sei, daß er, der — wie er selbst sagte — sie so richtig verstand, sie für fähig halten konnte, seinen Worten einen so unlautern Sinn unterzulegen, wie es kam, daß er, der auf irdische Güter so wenig Werth lege, ihrem Reichthume eine so große Bedeutung beilegen konnte, daß er darin ein Hinderniß ihres gegenseitigen Einverständnisses sah.

Er lächelte und sagte:

„Nun gut, theure Constanze! Alles, was ich Ihnen anbieten kann, ist ein ehrliches Gemüth, das

niemals von der Bahn des Rechtes ablenken wird,
ein frisches, treues Herz, das noch nie geliebt, das
im Glück und Unglück jetzt und für alle Ewigkeit
nur Ihnen angehören soll. Es mögen Jahre ver=
gehen, bevor ich in der Lage sein werde, um die
theure Hand anzuhalten; daher, liebe Constanze, ob=
gleich ich mich unwiderruflich für gebunden halte,
will ich Ihnen doch kein Versprechen abverlangen,
welches Ihr Schicksal an das meinige knüpfen soll.''

„Als ob ich einen so einseitigen Vertrag eingehen
wollte,'' unterbrach ihn Constanze lächelnd. „Nein,
Gerald! Es ist in meinem Charakter bedingt, und
ich will es, daß jede Verbindung, welche ich eingehe,
den daran Betheiligten gleiche Verpflichtungen auf=
erlege. Ich bin noch nicht großjährig und daher nicht
meine eigene Herrin, ich stehe noch unter der Vor=
mundschaft meiner Großmutter und meines Onkels.
Ohne Beider Einwilligung könnte ich derzeit keine
Verbindung eingehen. Gehen Sie also morgen zu
ihnen, lieber Gerald, weihen Sie sie in unser Ge=
heimniß ein und bitten Sie um ihre Einwilligung.''

„Sie ermächtigen mich also zu diesem Schritt,
liebe Constanze?''

„Die Pflicht gebietet uns, offen zu Werke zu
gehen. Aber jetzt ist es Zeit, daß wir uns trennen.
Gute Nacht, lieber Gerald; ich will nicht sagen,
Gott befohlen!''

„Gute Nacht, theure Constanze, mögen alle guten
Engel über Sie wachen!'' rief er aus, preßte ihre

Hand an seine Lippen und führte sie nach der Haus=
flur.

Und Constanze ging zu Bett, nicht um zu schla=
fen, sondern um sich ungestört den süßen Träumen
ihrer jungen Liebe überlassen zu können.

Zehntes Capitel.

Den erhaltenen Befehlen gemäß klopfte David
zur bestimmten Stunde an Mr. Mostyn's Zimmer=
thür.

Gerald sprang auf.

„Ihr seid es, David?"

„Zu dienen, gnädiger Herr, und hier ist heißes
Wasser zum Rasiren, das Frühstück steht auch schon
bereit, die Pferde sind schon gesattelt."

„Gut, lieber David, laßt aber die Pferde einst=
weilen nur wieder absatteln. Ich werde diesen Mor=
gen noch nicht abreisen. Aber sagt mir doch, um
welche Zeit pflegt denn der Oberst aufzustehen?"

„Etwa in einer Stunde."

„Kommt also nach Verlauf einer Stunde wieder
herauf, ich will Euch ein Billet an den Obersten
geben."

„Ganz gut," sagte der Bediente und ging fort.

Gerald zog sich an und schrieb dann ein paar

Zeilen an den Oberſten, in welchen er ihm mit=
theilte, daß Umſtände eingetreten wären, welche
ſeine Abreiſe um einige Stunden verzögerten, und
daß er ſich möglichſt bald die Gunſt einer Unter=
redung mit ihm erbitte.

Er ſiegelte den Brief und ſchickte ihn durch Da=
vid an den Oberſten.

Dieſer ließ ihm ſogleich wiſſen, daß es ihm
ein Vergnügen ſein würde, Mr. Moſtyn nach dem
Frühſtücke in ſeinem Arbeitszimmer zu empfangen.

Bald nach Empfang dieſer Antwort ging Gerald
in den Speiſeſaal, wo die Familie bereits beim Früh=
ſtücke ſaß.

Mrs. Horton drückte ihre Freude darüber aus,
den werthen Gaſt noch länger bei ſich zu ſehen, und
die jungen Fräulein machten ſich über ihn luſtig,
daß er — wie ſie ſagten — die Abreiſe verſchlafen
habe. Conſtanze war, wie gewöhnlich, ruhig und
verrieth ſich weder in Worten noch in Geberden.

Der Oberſt North, den, wie leicht begreiflich, ſchon
die Neugier plagte, zu erfahren, was ihm denn
der junge Mann zu ſagen haben werde, war der
erſte, welcher vom Frühſtücke aufſtand.

Des Oberſten Arbeitszimmer war im zweiten
Stock, gerade über der Hausflur.

Dorthin begab ſich Gerald und fand den Oberſten,
welcher ihn ſchon erwartete.

Der alte Herr ſtand auf und wies ihm einen
Stuhl an.

Mr. Moſtyn verbeugte ſich, blieb aber vor dem

Obersten stehen und eröffnete ihm den Zweck seines Besuches. Mit männlicher Einfachheit und Würde gestand er ihm seine Liebe zu Constanze Wynne und den Wunsch, sie, so bald es die Umstände erlauben würden, zu seiner Frau zu machen.

Der Oberst saß zurückgelehnt in seinem Arm= stuhl und betrachtete Mr. Mostyn mit weit auf= gesperrten Augen.

Daß er, der arme Student, um die Hand der reichen Constanze Wynne anhalten sollte, daß er diese Anmaßung so frei und offen gestand, daß er es wagte, ihn, ihren Vormund, um die Einwilligung anzugehen, schien ihm reiner Wahnsinn.

Oberst North saß da wie vom Blitz getroffen und stierte den kühnen Bewerber an.

Dieser Blick des beleidigenden Staunens erweckte in Gerald den lange niedergekämpften Stolz, und er sagte mit aller Würde:

„Herr Oberst, ich warte auf Ihre Antwort."

Aber der Oberst fand noch immer nicht Worte, in welche er sein Staunen kleiden sollte.

Mr. Mostyn wurde nun ungeduldig, jedoch be= herrschte er sich noch und fuhr ganz ruhig fort:

„Wollen Sie sich erinnern, Herr Oberst, daß ich eben gesagt habe, ich sei von Miß Wynne zu dieser Erklärung ermächtigt worden. Ich erbitte mir also in meinem und in Miß Wynne's Namen Ihre Ant= wort."

„Meine Antwort? Herr, ich bin erstaunt, ich kann vor Bestürzung gar nicht zu mir kommen!

Conſtanze Wynne? Wiſſen Sie auch, wer ſie iſt,
mein Herr? Kennen Sie ihre Stellung in der Ge=
ſellſchaft? Haben Sie bedacht, welche Anſprüche ſie
zu machen berechtigt iſt? welche Ausſichten in die
Zukunft ſich ihr eröffnen?"

„Herr Oberſt, ich glaube in all' dieſe Einzel=
heiten eingeweiht zu ſein. Noch mehr; ich kenne
Miß Wynne, und weil ich ſie kenne, liebe ich ſie,
weil ich ſie liebe, wünſche ich ſie zu meiner Frau,"
entgegnete der junge Mann mit aller Entſchloſſenheit.

„Dann, mein Herr," erwiderte der Oberſt, „kann
ich nur noch einmal wiederholen, daß ich ſtaune, daß
ich meinen Ohren nicht traue."

„Erlauben Sie mir zu bemerken," fuhr Gerald
fort, „daß Miß Wynne dieſen meinen Schritt ge=
billigt hat."

„Herr, ich finde nicht Worte, um Ihnen meine
Verwunderung genügend kundzugeben," ſagte der
Oberſt.

„Entſchuldigen Sie," fiel ihm Gerald in die
Rede, „das Alles iſt keine Antwort auf meinen Vor=
ſchlag. Erlauben Sie daher, daß ich die Frage mit
aller Beſtimmtheit ſtelle: Ich liebe Ihre Mündel Miß
Wynne und bitte um Ihre Einwilligung zu unſerer
gegenſeitigen Verbindung. Nun, Herr Oberſt, ant=
worten Sie mir beſtimmt und deutlich, darf ich,
dürfen wir darauf rechnen?"

„Ueber meine Antwort können Sie wohl keinen
Augenblick in Zweifel ſein. Sie lautet: „Nein, nein,
und nochmals nein!"

„Nun gut," entgegnete Gerald, „da ich nun die
bestimmte Antwort erhalten, so habe ich nichts weiter
zu thun, als mich Ihnen zu empfehlen."

Und Mr. Mostyn verneigte sich und machte
Miene zu gehen.

Gerald's Ruhe verfehlte nicht, auch auf den
Obersten besänftigend einzuwirken; er erinnerte sich
jetzt seiner Pflicht als Hausherr gegen seinen Gast,
und es wollte ihm doch scheinen, als habe er gegen
den jungen Mann nicht den rechten Ton angeschlagen.
Er stand also auf und sagte, wenngleich nicht ohne
einige Bitterkeit im Tone:

„Mein Herr! Miß Wynne's Familie fühlt sich
geehrt durch den schmeichelhaften Antrag, den Sie
eben gestellt; sie bedauert nur, daß sie aus triftigen
Gründen sich veranlaßt sieht, diese Auszeichnung ab=
zulehnen. Guten Tag, Mr. Mostyn!"

Gerald verneigte sich noch einmal und verließ das
Zimmer.

Ueberzeugt von Constanzens Liebe, kümmerte er
sich weniger um des Vormundes Einwendungen. Nur
wenige Jahre, und wenn dann der Oberst North
auch wirklich noch gegen die Verbindung mit seiner
Mündel war, so entzog Constanzens Großjährigkeit
sie der vormundschaftlichen Gewalt.

Diese Hoffnung im Herzen ging er hinab und
suchte Constanze auf. Die Kunde von seinem „ver=
messenen" Begehren war noch nicht bis in die Fa=
milie gedrungen; es war daher kein Grund vor=
handen, ihm den Zutritt zu verwehren.

Er fand Constanze in der Mitte ihrer Cousinen, grüßte die Damen, setzte sich zu ihnen und das Gespräch nahm den gewöhnlichen Lauf.

Da fiel es Miß Violet plötzlich ein, einen Nacht= schatten in der Laube aufzubinden, sie bat May, ihr dabei zu helfen, und Miß Lily bot auch ihre Dienste an. Es blieben also Constanze und Gerald allein im Zimmer zurück.

„Nun, Gerald," sagte Constanze bitter lächelnd.

„Theure Constanze, eben komme ich vom Ober= sten..."

„Und das Resultat?"

„Wie es vorherzusehen war, ein Korb in aller Form." Gerald hütete sich wohl zu sagen, wie nichtachtend der Oberst gegen ihn verfahren.

„Nun, was liegt daran? Es war unsere Schul= digkeit, den Vormund von unserem Vorhaben in Kenntniß zu setzen. Ich war auf eine solche Ant= wort gefaßt. So lange ich unter seiner Obhut stehe, muß und will ich ihm allerdings Folge leisten, bin ich aber einmal meine eigene Herrin, dann werde ich nur dem Drange meines Herzens folgen. In zwei Jahren zu Weihnachten erreiche ich die gesetzliche Großjährigkeit, werde meine eigene Herrin und ge= lange in den Besitz meines Vermögens. Um diese Zeit kommen Sie, lieber Gerald, und ich folge Ihnen zum Altar. Von jetzt an betrachte ich mich als Ihre Verlobte." So sagte sie und reichte ihm ihre Hand.

Gerald küßte sie, nahm dann einen kleinen gol=

benen Ring, welchen er an einer schwarzen Schnur um den Hals trug, und sagte:

„Dieser Ring, liebe Constanze, war der Braut= ring meiner Mutter. Auf ihrem Sterbebette steckte sie ihn mir an den Finger, und hieß mich ihn so lange tragen, bis ich einmal meine Verlobte damit würde beschenken können. Ich trug ihn, so lange es die Stärke meiner Finger erlaubte, dann aber hing ich mir ihn an einem schwarzen Schnürchen um den Hals. Darf ich nun das Gebot meiner Mutter voll= strecken und ihn an den Finger meiner Verlobten stecken?"

„Ja!" rief sie begeistert aus, „und er soll mir so werth und heilig sein, als hätte mir ihn der Priester bei Einsegnung der Ehe an den Finger ge= steckt."

Gerald steckte ihr den Ring an und küßte die dargebotene Hand; dann fragte er:

„Constanze, darf ich Ihnen schreiben?"

„Freilich wohl, es sei denn, daß mein Vormund dagegen wäre, in welchem Falle wir uns seiner An= ordnung fügen und Geduld haben müssen. Die er= wünschte Zeit wird auch herankommen."

Eben wollte Gerald etwas darauf erwidern, da öffnete sich die Thür, und Mrs. Horton, welche schon durch den Obersten von Gerald's frevelhaftem Be= gehren Kunde bekommen hatte, trat mit strenger Miene ein, nickte ganz vornehm mit dem Kopfe, setzte sich in ihren Armstuhl, nahm ihr Häkelarbeit zur Hand und arbeitete schweigend daran fort. Von einer weiteren geheimen Unterredung konnte natürlich nicht mehr die Rede sein.

In einer halben Stunde empfahl sich Gerald von der Familie, und da er es ausgeschlagen hatte, von dem ihm angebotenen Pferde Gebrauch zu machen, ging er zu Fuß nach Beakton, von wo aus er Jemanden nach Clyndell schickte, um seine Bagage abholen zu lassen.

Am nächsten Morgen fuhr er mit dem ersten Eisenbahnzug nach London.

Mrs. Horton und der Oberst hielten es für das Vernünftigste, in Gegenwart Constanzens den Namen Mostyn gar nicht auszusprechen, als das sicherste Mittel, ihn ihr vergessen zu machen. So war denn Constanze durchaus nicht belästigt.

Und als sie mit der nächsten Post mit vielen anderen Briefen auch einen von Gerald erhielt, so fiel das gar nicht auf — eben so unbemerkt blieb es, als sie dem Boten, welcher die Briefe auf die Post trug, unter mehreren anderen auch die Antwort an Gerald übergab.

So geschah es denn, daß sie mit jeder Montagspost einen Brief von ihrem Geliebten erhielt, den sie jeden Donnerstag auf's pünktlichste beantwortete.

Da diese Briefe ein ausführliches Tagebuch bildeten, so waren die beiden Liebenden von Allem in genauester Kenntniß, was nur immer einiges Interesse für sie haben konnte.

Wir wollen unsere Leser nicht ermüden mit Aufklärung aller größeren und kleineren Unannehmlich=

keiten, welche Gerald auf der dornigen Bahn seines
Berufes vorfand und zu überwinden hatte; es ge=
nügt zu wissen, daß er ganz kurze Zeit, nachdem er
seine Studien vollendet und das Richteramt an=
getreten hatte, nicht nur beim Publikum, sondern
auch bei seinen Collegen in dem Ruf eines sehr ta=
lentvollen und vielversprechenden Advocaten stand.

Aber mehr als alles Lob der Welt galt ihm
Constanzens Anerkennung seines Werthes, jeder ihrer
Briefe strömte über von Liebe und Bewunderung.

Nach Beendigung der Gerichtssession legte er
sich mit allem Eifer auf die politischen Wissenschaften,
er verfocht mit Feuereifer die Sache der Liberalen.
Der Ruf seiner Beredtsamkeit verbreitete sich über die
ganze Grafschaft und war in Aller Mund; und so
kam es denn, daß er bei der nächsten Wahl für das
Unterhaus als Vertreter der Gemeinde in's Par=
lament geschickt wurde.

Um diese Zeit hielt Mr. Mostyn noch einmal
um Constanzens Hand an, ward aber ungeachtet
der glänzenden Aussichten, die sich ihm in seiner
neuen Carrière öffneten, von ihrem Vormunde wieder
abschlägig beschieden.

Elftes Capitel.

Unsere Erzählung nähert sich nun einer jener schauerlichen Begebenheiten, welche wie ein Blitz aus heiterem Himmel über uns hereinbrechen und ganze Gegenden mit Angst und Schrecken erfüllen.

Der Erfolg ist der weltliche Maßstab des Werthes. Gerald Mostyn's Erfolg hatte an seinem filzigen Verwandten, dem alten Hugh Horne, seine Wirkung nicht verfehlt. Sei es, daß der alte Mann schwächer wurde, oder lag eine andere Ursache zu Grunde, genug, er äußerte sich über seinen Enkel nicht mehr in der gewohnten Weise. Zuweilen sagte er zu seinem Neffen, Doctor Horne, welcher ihn sehr häufig besuchte:

„Ah! dieser kleine Gerald läßt sich besser an, als ich erwartet habe…"

„Hm!" entgegnete dann der Doctor, „wir wollen hoffen, daß dem so ist, aber auf solche Abenteurer kann man sich nicht verlassen."

Dann warf der alte Horne verstohlen einen durchdringenden Blick auf seinen Neffen, als wollte er ihm etwas vom Gesichte ablesen.

Ein anderes Mal sagte der Alte wieder:

„Bravo, James! Ich gratulire. Dein Vetter Gerald macht seinen Weg. Man sagt, seine Vertheidigung im Prozesse Goldsborough sei ein wahres Meisterstück gewesen, sowohl in oratorischer wie in juridischer Beziehung."

„Hm, ja!" entgegnete der Doctor Horne, „man
kann ein ganz geschickter Advocat sein, ohne des=
wegen gerade ein Muster der Rechtlichkeit und des
geregelten Lebens zu sein."

Einige Monate später rief Mr. Hugh Horne
aus:

„Ah, James! wünsch' mir Glück. Mein Enkel
Mr. Mostyn ist in's Haus der Gemeinen gewählt
worden. Der kann es noch weit bringen!"

„Was faselt wohl dieser alte Schwachkopf," dachte
der Doctor. „Jetzt muß ich sehr auf meiner Hut
sein, denn sonst könnte es etwa gar um meine Aus=
sichten auf die Erbschaft geschehen sein. Wenn dieser
Gerald=Enthusiasmus überhand nimmt, ist er im
Stande, das Testament, in welchem ich zum Universal=
erben eingesetzt bin, umzustoßen und ein neues zu
verfassen zu Gunsten seines Enkels, des Ministers
in spe."

„Ich gratulire Ihnen von ganzem Herzen zu
einem so freudigen Ereignisse," sagte der Doctor jetzt
laut, „und ich will hoffen, daß alle Ihre Erwar=
tungen in Erfüllung gehen. Ich muß aber doch ge=
stehen, daß das plötzliche Aufgeben seiner juridischen
Laufbahn gegen eine politische nicht sehr für die
Festigkeit seines Charakters spricht."

Mit einem zweiten scharfen Blick nach der Seite
schien der Alte die Gedanken seines Neffen erspähen
zu wollen.

Nicht lange Zeit nach dem Abend, an welchem
diese Unterredung zwischen Onkel und Neffen statt=

gefunden hatte, schwanden des alten Mr. Horne's geiſtige und körperliche Kräfte zuſehends.

Doctor Horne verdoppelte ſeine Beſuche bei dem Kranken, ſagte aber jedem, der es hören oder auch nicht hören wollte, daß die Tage ſeines Onkels ge= zählt ſeien, daß die Wiſſenſchaft wohl ſein Leiden lindern, aber niemals ſein Leben retten könne.

In dieſer Weiſe verſtrichen einige Wochen; des Alten Zuſtand verſchlimmerte ſich von Woche zu Woche; da faßte Mr. Horne — wie das oft bei alten Leuten geſchieht — urplötzlich den Entſchluß, ſeinen Neffen als Arzt zu entlaſſen und ſich der Behandlung des jungen Doctor Heath anzuvertrauen. Der ausgeſprochene Grund für dieſen Schritt war, daß, nach des Alten Dafürhalten, ein Wechſel des Arztes und der Behandlung ſehr oft von den beſten Folgen begleitet ſei ; und um dem Neffen nicht zu weh zu thun, verſicherte er dieſem, daß es ihn ſehr freuen würde, ihn als Freund und Verwandten recht oft bei ſich zu ſehen.

Aber Doctor Horne ließ einmal, als er eben in ſehr gereizter Stimmung war, einige bittere Worte fallen, worauf der Onkel zum nicht geringen Stau= nen ſeines Neffen in nicht weniger ſcharfem Tone erwiderte:

„Herr! Ich will von einem Arzt behandelt wer= den, der nicht zu ſehr bei meinem Tode intereſſirt iſt."

Durch dieſe ſtrengen, vielbedeutenden Worte zum Schweigen gebracht, und aus Rückſichten der Klug=

heit, unterdrückte der Neffe jede Aufwallung, und der
Einladung des Onkels folgend, besuchte er ihn recht
oft in seiner Eigenschaft als Freund und Verwandter.

Alle, welche von diesem Vorfalle hörten, schoben
das Benehmen des alten Horne gegen seinen Neffen
auf Rechnung einer zunehmenden Geistesschwäche,
denn Doctor Horne's Geschicklichkeit als Arzt war zu
sehr bekannt und überdies stand er in dem Rufe eines
durchaus ehrenhaften Mannes.

Aber sonderbar genug, von dem Tage an, wo
der alte Mann unter der ärztlichen Behandlung des
Doctor Heath und der sorgsamen Pflege von Alice
Owen stand, besserte sich sein Uebel mit staunens-
werther Schnelligkeit, und nicht nur sein Körper,
auch sein Geist erstarkte unter dem wohlthätigen Ein=
flusse der beiden jungen Leute.

So rückte der Winter heran, und des alten Mannes
physisches Befinden fing wieder zu wanken an.

Mittlerweile war auch das Parlament zusammen=
getreten, und der berühmte Gerald Mostyn hielt
seine erste Rede über die Einkommensteuer. Wie ein
Lauffeuer ging der Ruf seiner Beredtsamkeit durch
das ganze Land und drang selbst bis in Horne's
Einsamkeit.

In seinem ledernen Armstuhl saß der alte Mr.
Horne und las die vielbesprochene Rede seines Enkels.

„Der Bube wußte wohl, was er wollte, als er
nach Oxford ging. Er hat Recht gehabt und ich
Unrecht. Ein schweres Geständniß für einen zwei=
undachtzigjährigen Mann, nicht wahr, liebe Alice?

Mein Kind, ich möchte gern mit allen Menschen in Frieden und Eintracht leben. Nimm Feder und Papier zur Hand und schreibe an Mr. Mostyn, ob er mir nicht die Freude machen möchte, zu Weih= nachten nach Horne's Hole zu kommen und mit sei= nem Großvater die heilige Woche zuzubringen."

Freudig gehorchte Alice. — Der Brief wurde geschrieben und noch an demselben Nachmittag an das Postamt nach Beakton geschickt.

In gehöriger Zeit erfolgte die Antwort. Mr. Mostyn konnte nicht versprechen, die ganze heilige Woche mit dem alten Großvater zuzubringen, aber jedenfalls wollte er der freundlichen Einladung fol= gen, und wäre es auch nur für einen Tag.

Zufriedengestellt mit diesem Versprechen, beruhigte sich der alte Mann. Bald darauf kam ein zweiter Brief von Mr. Mostyn, worin es hieß, er werde am Weihnachtsabend in Horne's Hole ankommen und diesen mit dem Großvater zubringen, müsse aber am sechsundzwanzigsten Morgens wieder nach der Stadt zurückkehren.

Die Aussicht, den Enkel so bald zu sehen, er= füllte das Herz des alten Mannes mit unsäglicher Freude, und in dieser seiner weichen Stimmung sagte er zu Alice:

„Liebe Alice, ich fürchte sehr, dem armen James Unrecht gethan zu haben. Wenigstens will ich doch mit ihm reden und wieder Alles gut machen. Setze Dich hin und schreibe ihm, daß ich sehr wünsche ihn so bald wie möglich bei mir zu sehen."

Der Zigeunerin Prophezeiung. I.

Alice that wie ihr geheißen, und in der nächsten Viertelstunde war ein Bote mit dem Briefe unter= wegs. Nach zwei Stunden kam der Mann zurück und brachte die Antwort, daß Doctor Horne verreist sei und erst in einigen Tagen zurückerwartet würde, den Brief habe er der Mrs. Horne übergeben.

Wirklich kam auch Mr. Horne erst am dreiund= zwanzigsten December nach Hause, und am Morgen des andern Tages — den Tag des Weihnachts= abends — beeilte er sich, der Einladung nach Horne's Hole zu folgen.

Onkel und Neffe hatten ein vertrauliches Ge= spräch, welches ein paar Stunden dauerte, nach dessen Beendigung Doctor Horne verdrießlich und zerstreut aus dem Zimmer ging, sein Pferd bestieg und augen= blicklich nach Hause ritt.

Denselben Abend langte Gerald Mostyn in Horne's Hole an. Der alte Mann begrüßte ihn mit herzlicher Freundlichkeit. Sie gingen dann in des Großvaters Zimmer, wo eine Unterredung stattfand, die bis über Mitternacht hinaus dauerte, und nur auf Gerald's ausdrücklichen Wunsch und auf seine Be= fürchtung, ein so langes Aufbleiben könne dem alten Manne schaden, ließ sich Mr. Horne bewegen, in sein Schlafzimmer und zu Bett zu gehen.

Am andern Tage — dem Weihnachtstage — ließ sich der Großvater früher als gewöhnlich an= kleiden und in seinem Sessel nach dem Parlour rollen, welches im Erdgeschosse neben seinem Schlafzimmer gelegen war. Dort erwartete er die Verwandten zu einer großen Familientafel.

Die Gesellschaft bestand aus Mr. und Mrs. Horne, Mr. Mostyn, Miß Alice Owen und dem alten Herrn. Es war ein recht vergnügter Abend und der alte Mr. Horne war so guter Dinge, daß er alle Anderen an Frohsinn übertraf, was wohl gerade nicht viel sagen wollte, denn Doctor Horne konnte den rechten Ton nicht finden, Gerald's Gedanken waren bei Constanze Wynne und Alice Owen saß still und nachdenkend da.

Da der Weg von Horne's Hole nach Radnor Ruin bergig und schlecht erhalten war, und die Nacht sehr bald hereinbrach, so mußten sich der Doctor und seine Frau kurz nach dem Mittagsmahle auf den Weg nach Hause machen.

Nachdem sie Abschied genommen hatten und fortgefahren waren, setzten sich der alte Herr, Alice und Gerald an's Kaminfeuer und plauderten ein paar Stunden recht angenehm weg, bis endlich Alice hinaus mußte, um Vorbereitungen zum Abendessen zu treffen, welches zeitiger eingenommen werden sollte, da der Großvater sich etwas ermüdet fühlte und auch Gerald noch in derselben Nacht nach Beakton aufbrechen mußte, um dort den Morgenzug nach London nicht zu versäumen.

Alice war eine gar flinke Hausfrau, und unter ihrer Oberleitung wurde das Abendessen sehr bald aufgetragen.

7*

Nach dem Essen schickte sich der Großvater an, zu Bett zu gehen.

„Gerald," sagte er zu seinem Enkel, „komm doch zu mir, wenn ich im Bette sein werde, ich möchte Dich vor Deiner Abreise noch einmal sehen."

„Mit Vergnügen," antwortete Mr. Mostyn, und stand auf, um den alten Mann in sein Schlafzimmer zu begleiten.

„Gute Nacht, liebe Alice," sagte der Alte zu dem Mädchen und drückte ihre Hand, „der Himmel segne Dich für all' die Güte, die Du an mir beweisest."

„Ah, noch nicht gute Nacht," entgegnete Alice; „bevor ich auf mein Zimmer gehe, will ich noch nach= sehen, ob Sie nichts mehr benöthigen."

„Danke schön, liebes Kind," sagte Mr. Horne, und indem er sich auf den starken Arm seines Enkels stützte, ging er vom Parlour nach seinem Schlaf= zimmer.

Gerald half ihm beim Auskleiden, brachte ihn zu Bett, richtete ihm die Kissen, deckte ihn warm zu und setzte sich dann an's Bett. Die beiden Männer plauderten noch eine gute Weile, bis die Glocke zehn Uhr schlug. Jetzt erhob sich Gerald und verabschie= dete sich vom Großvater auf's herzlichste mit dem Versprechen, bald wieder zu kommen und eine ganze Woche bei ihm zu verweilen, und verließ das Zim= mer. In aller Eile sagte er noch Alice ein freund= liches Lebewohl, bestieg das für ihn bereitstehende Pferd und schlug den Weg nach Beakton ein.

Nach seiner Abreise ging Alice in das Zimmer

ihres Vormundes, um zu fragen, ob er noch etwas brauche. Der alte Mann lag so ruhig mit geschlos=senen Augen und über die Brust gefalteten Händen da, daß sie glaubte, er schlafe. Sie hielt die Hand vor's Licht und wollte sich davonschleichen, da schlug der Großvater die Augen auf und sagte:

„Alice, ich schlafe nicht."

„Brauchen Sie noch etwas, lieber Vormund?" fragte das Mädchen.

„Nein, mein Kind."

„Wie fühlen Sie sich denn nach diesem bewegten Tage?"

„Besser als seit längerer Zeit, sowohl geistig als körperlich. Ich fühle mich so beruhigt, so zu=frieden."

„Wenn Sie nicht schläfrig sind, soll ich Ihnen noch ein wenig vorlesen?"

„Schönen Dank, meine liebe Alice; wenn es Dich nicht zu sehr anstrengt, möchte ich Dich wohl darum bitten."

Alice nahm ein Buch vom Nachttischchen, setzte sich näher an's Bett und fing an zu lesen.

Nicht lange, so fielen dem Alten die Augen zu. Alice mäßigte nach und nach ihre Stimme, bis sie endlich ganz still wurde, das Licht vom Tische nahm und ganz behutsam auf den Fußspitzen hinausschlich.

„Der Himmel segne seinen Schlaf," sagte sie beim Weggehen und warf nochmals einen zärtlichen Blick auf den Mann.

Die Leute im Hause schliefen schon alle, Alice

sperrte sorgfältig die Thüren ab, dann ging sie auf
ihr Zimmer, welches gerade über jenem des Mr.
Horne gelegen war, betete ihr Abendgebet, blies das
Licht aus und ging zu Bett.

Aber sonderbar, sie konnte nicht einschlafen. Die
Stille, die nächtliche Ruhe, die Einsamkeit — denn
die Dienstleute waren in einem entlegenen Theile
des Hauses untergebracht — lagen mit Centnerlast
auf ihrem Herzen, und sie konnte sich von diesem be=
ängstigenden Gefühle nicht Rechenschaft geben. Die
Nacht war finster, der Wind pfiff unheimlich durch
die Wipfel der Bäume. Ein banges Vorgefühl be=
mächtigte sich ihrer, es war ihr, als könne sie nicht
länger mehr im Bett bleiben, als müsse sie auf=
springen und schreien und hinaus in Nacht und
Nebel, fort, weit fort von diesem Hause. Umsonst
war all' ihr Klügeln, all' ihr Beten, all' ihr Käm=
pfen, sie konnte sich nicht losmachen von all' den
Schreckensbildern ihrer erhitzten Phantasie.

Es mochte lange nach Mitternacht gewesen sein,
da überwältigte sie doch endlich der Schlaf. Aber
nicht lange, so fuhr sie erschreckt auf — ein gräß=
licher Schrei und gleich darauf ein klägliches Ge=
stöhn drang deutlich durch die Stille der Nacht bis
in ihr Zimmer.

Zwölftes Capitel.

Diesen durchbringenden Schrei noch im Ohre, sprang Alice aus dem Bett und stand da, am ganzen Körper zitternd.

War das ein Traum? — dieser furchtbare Schrei, der so plötzlich abbrach, als ob er gewaltsam unterdrückt worden wäre?

Einen Augenblick blieb sie regungslos stehen, jeder Nerv war angespannt, sie lauschte mit allen Sinnen.

Horch! An der alten Wanduhr in der Halle unten im Hause schlug es eins! — zwei! — Also um zwei Uhr nach Mitternacht ließ sich dieser entsetzliche Schrei vernehmen — dann herrschte wieder Todesstille rings herum. — Der kalte Angstschweiß trat dem Mädchen auf die Stirn. — Was sollte sie thun? — Im ganzen Hause war sie mit dem alten Herrn allein. — Die Dienerschaft war — wie schon gesagt — in einem Nebengebäude untergebracht. Vor Angst konnte sie gar nicht schreien, und hätte sie es auch gekonnt, man hätte sie bei der stürmischen Nacht gar nicht gehört. — Da ging sie mit sich zu Rathe, da . . .

Horch! Um des Himmel willen! was war das?

Ein Getrampel, ein unterdrücktes Stöhnen, ein schwerer Fall!

Es kam aus dem Zimmer unter dem ihrigen, aus dem Zimmer des alten Hugh Horne.

Von Schrecken gelähmt, konnte sie nicht von der Stelle, aber dem Gedanken an Gefahr oder Tod oder an gewaltsamen, an dem alten Manne verübten Mord, mußte die persönliche Furcht weichen, und schon in der nächsten Minute war sie gefaßt und ernüchtert. Schnell machte sie Licht, rannte aus dem Zimmer, durch den Gang, über die Treppe hinab und durch die Vorhalle in das Parlour.

Soweit war Alles finster und ruhig, der schwache Schein ihres eigenen Lichtes machte die Finsterniß nur noch sichtbarer, der Widerhall ihrer Fußtritte machte die Stille um sie herum nur noch unheimlicher.

Einen Augenblick hielt sie inne. Im Zimmer war Alles so, wie sie es verlassen hatte, Alles trug den Stempel des häuslichen Friedens, sie konnte nicht glauben, daß es anders sein könne, und hielt sich beinahe schon für überzeugt, daß das, was sie gehört, nur die Ausgeburt eines bösen Traumes gewesen.

Sie öffnete die Thür, welche von dem Parlour nach Mr. Horne's Schlafzimmer führte, und da —!!

Gott im Himmel! was für ein schreckliches Bild entfaltete sich vor ihren Augen! Das Blut gerann ihr in den Adern, wie eingewurzelt, nicht eines Lautes fähig, stand sie vor der Schreckensscene.

Das Gesicht gegen die Erde gekehrt, die Beine unter den Leib gezogen, die Haare vom Blute durchnäßt, lag der alte Hugh Horne auf dem Boden. Blutflecken führten vom Bette nach dem Fenster und von da nach der Thür. Die Abzeichen von fünf blutigen Fingern waren an der Mauer ersichtlich; kein Zweifel, daß der Mörder im Finstern nach einem Auswege gesucht. Ueberall im Zimmer herum konnte man die unverkennbaren Spuren eines verzweifelten Kampfes bemerken.

Gleichzeitig und wie im Fluge sah Alice, wie Jemand durch das offene Fenster entsprang.

Ihrer Sinne kaum mächtig, stürzte sie auf den alten Mann hin und hob den grauen Kopf in die Höhe, der gleich wieder zurück in ihren Arm fiel; zu des Mädchens töbtlichem Entsetzen sah es eine tief klaffende Wunde am Halse.

„Ach, mein Gott!" rief sie aus, „wer hat das gethan?"

Der Sterbende öffnete mühsam das halb erloschene Auge, bewegte die bleichen, zitternden Lippen und flüsterte einen Namen, welcher dem Mädchen nun vollends den Verstand raubte — dann schlossen sich Auge und Mund auf ewig.

Alice ließ den Kopf langsam zur Erbe nieder, dann sprang sie auf und fort gings in die finstere Nacht. Von ihrem Geschrei widerhallten die nahen Berge, und in weniger als fünf Minuten waren die Leute im Nebengebäude und die Arbeitsleute aus den nächsten Hütten auf den Beinen und drängten in das Zimmer, wo der schauerliche Mord begangen worden war.

Die alten Diener knieten an der Leiche ihres Herrn nieder und weinten und wehklagten. Einige wollten den ermordeten Herrn auf sein Bett legen, aber Mr. Hayhurst, der Intendant des Hauses, welcher die Leitung der ganzen Angelegenheit über= nahm, ließ das nicht zu; es sollte bis zur Ankunft des Todtenbeschauers weder die Leiche, noch irgend ein Gegenstand im Zimmer von der Stelle gerückt werden. Da über den wirklich erfolgten Tod des Mr. Horne nicht der mindeste Zweifel obwalten konnte, so wäre es auch ganz unnöthig gewesen, Wiederbelebungsversuche anzustellen.

Sogleich wurde ein berittener Bote nach dem Doctor Horne, ein zweiter nach dem Obersten North und ein dritter nach Beakton, um den Todtenbeschauer zu holen, und im Falle Mr. Mostyn noch nicht nach London abgereist war, auch nach diesem geschickt.

In so weit waren die Anordnungen, welche Mr. Hayhurst getroffen, vollkommen zweckmäßig. Die Betreffenden, an welche die Boten entsendet worden waren, folgten auch der Aufforderung in möglichst kurzer Zeit.

Zuerst kam der Oberst North; wenige Minuten später Mr. Mostyn, bleich und entstellt vor Schreck über die entsetzliche That; dann langte Doctor Horne an, welcher vor Schmerz und Entrüstung außer sich schien; endlich kam der Todtenbeschauer, begleitet von einigen Männern aus dem Dorfe, welche er auf= gefordert hatte, als Jury zu fungiren.

Vor Allem wurde die Leiche besichtigt, und nach= dem der Todtenschein ausgefertigt war, ging es an das Zeugenverhör.

Der erſte Zeuge, welcher vernommen werden
ſollte, war Miß Alice Owen; aber ſie war weder in
ihrem Zimmer, noch im Hauſe, noch im Nebengebäude
zu finden, alles Suchen nach ihr blieb erfolglos.

Während aller Orten nach ihr ausgeſchickt wurde,
begann das Verhör mit Mr. Moſtyn.

Dieſer ſagte aus, er habe den Ermordeten im
normalen Zuſtande, ruhig im Bette liegend, am
Vorabend um zehn Uhr verlaſſen; ſeines Wiſſens
ſei außer Alice Owen Niemand im Hauſe geweſen.
Mr. Moſtyn gab weiter an, daß, da er ein ſehr
wichtiges Document im Hauſe vergeſſen, welches er
bei ſeiner Ankunft in Beakton vermißte, er ſogleich
wieder zurück nach Horne's Hole geritten ſei, um
dieſes Document zu holen, und daß er auf dem Wege
dahin dem Boten begegnet ſei, welcher ihm die
ſchauerliche Mordthat hinterbrachte.

Der nächſte Zeuge war Doctor Horne, deſſen
Ausſage von keiner Bedeutung war; er hätte Tags
zuvor nach Tiſche um vier Uhr den Verſtorbenen
in ſeinem gewöhnlichen kränkelnden Zuſtande verlaſſen,
in Geſellſchaft ſeines Enkels, des Mr. Gerald Mo=
ſtyn, und ſeiner Mündel Miß Alice Owen.

Nun kam die Reihe an Mr. Hayhurſt, den
Intendanten. Dieſer gab zu Protokoll, er ſei
kurz nach zwei Uhr Morgens durch ein heftiges
Klopfen an ſeiner Thür und durch ein klägliches Ge=
ſchrei aufgeweckt worden. Er ſtand auf und öffnete;
da ſtürzte Miß Alice in's Zimmer, ganz außer ſich
und dem Wahnſinn nahe. Mehr aus ihren verſtörten

Blicken und ihren verzweifelten Schmerzensausbrüchen, als aus ihren unzusammenhängenden Reden konnte er entnehmen, daß ihr Vormund in seinem Zimmer ermordet worden war; er ging sodann, begleitet von den Nachbarsleuten, welche eben so wie er durch Miß Alice's furchtbares Geschrei aus dem Schlafe gerissen worden waren, nach dem Orte der That, wo er den Ermordeten auf der Erde liegend, das Fenster offen und Alles so fand, wie es später der Todtenbeschauer gefunden. Ohne Zeit zu verlieren, habe er die hier anwesenden Personen von dem traurigen Vorfalle in Kenntniß setzen lassen.

Mr. Hayhurst war der letzte, welcher vernommen wurde, alle Anderen konnten keine Zeugenschaft ab= geben, und der Hauptzeuge, Miß Owen, war nicht zu finden.

Nach einer Stunde, während welcher die Zeugen= aussagen geprüft und der Bericht darüber, wie Alles im Zimmer vorgefunden worden war, zu Papier ge= bracht worden war, gaben die Männer der Jury den Ausspruch ab:

Mr. Hugh Horne sei von einer unbekannten Person oder mehreren unbekannten Personen ermordet worden.

Da es mittlerweile schon zehn Uhr geworden, auch vorläufig nichts weiter zu thun war, so ver= ließen der Todtenbeschauer ·und die Geschworenen das Haus des Schreckens.

Gerald Mostyn, als gesetzlicher Erbe, blieb zu= rück und übernahm die Leitung der noch abzuwickeln=

den Geschäfte. In Folge seines Ansuchens blieb auch Doctor Horne, um ihm freundschaftlichst an die Hand zu gehen. Selbst der Oberst North bekämpfte seinen früheren Widerwillen, und in Erwägung, daß Mr. Mostyn wohl der Erbe von ein paar Millionen sein dürfte, bot er ihm huldreichst seine Dienste an, welche Gerald auch mit Rücksicht auf Constanze annahm.

Noch bevor die Sonne im Meridian stand, war die Kunde von dem gräßlichen Morde schon in aller Leute Mund.

Spät im Laufe des Nachmittags fand man Miß Alice Owen im Walde unweit der Pfarrkirche wie eine Wahnsinnige umherirrend. Mrs. Osborne erhielt Kunde davon, ließ das Mädchen zu sich bringen, nahm sie auf und pflegte sie mit wahrhaft schwesterlicher Sorgfalt.

Am vierten Tage nach dem verübten Morde wurde Hugh's Leiche zu Grabe bestattet. Seit Menschengedenken war kein solcher Zusammenfluß von Menschen bekannt, von nahe und fern strömten die Leute schaarenweise herbei, um theilzunehmen an dieser feierlichen Beerdigung.

Nach dem Begräbnisse wurde auf die Betheuerung des Doctor Horne und des Mr. Sprole, des Advocaten in Beafton hin, daß ein Testament zu Gunsten des ersteren vorhanden sein müsse, dieses Instrument überall gesucht, aber nicht vorgefunden. Durchaus nichts von einem letzten Willen war zu entdecken.

Es trat also die gesetzliche Erbfolge ein, und

die ganze Erbschaft wurde Gerald Mostyn — dem
gesetzlichen Erben — zuerkannt und überantwortet.
Da er aber nicht wollte, daß das väterliche Besitz=
thum „Radnor's Ruin" noch länger in fremden Händen
bleibe, so verständigte er sich mit dem dermaligen Päch=
ter Doctor Horne dahin, daß nach Ablauf der Pacht=
zeit kein neuer Pachtvertrag mehr abgeschlossen werde;
gleichzeitig aber stellte Gerald eine Urkunde aus,
laut welcher das Eigenthumsrecht über Horne's Hole
und den dazu gehörigen Pachthof auf ihn übergehen
sollte.

Ueberdies sicherte er auch der Miß Alice Owen,
welche nach ihres Vormundes Tod in sehr drückenden
Verhältnissen zurückblieb, eine anständige Rente.

Aber die arme Waise blieb nicht nur ganz un=
empfindlich für diesen Beweis der Theilnahme, son=
dern wies diese Großmuth auf das Bestimmteste und
mit Worten des tiefsten Abscheues zurück.

Die ganze Welt nahm es ihr übel, daß sie dem
guten Willen Gerald's so verächtlich begegnete, ja
man zeihte sie sogar eines lächerlichen Stolzes, suchte
aber den ersten Grund dieses sonderbaren Benehmens
in ihrer nervösen Gereiztheit als Folge des sie ge=
troffenen Unglückes und ihrer dadurch herbeigeführten
letzten Krankheit.

Mr. Gerald Roß Mostyn war nun eine be=
deutende Persönlichkeit geworden. Als ein angehender
Staatsmann, ein reicher Capitalist und ein aristo=
kratischer Großgrundbesitzer, zählte er jetzt zu den
gesuchtesten Partien, selbst einer Constanze Wynne

würdig, und bevor er wieder nach London zurück=
kehrte, war er von dem stolzen Obersten North nach
Llyndell auf Besuch gebeten. Wieder sah er seine
geliebte Constanze, aber in den Becher der Freude
hatte das unerbittliche Geschick einen Tropfen Wer=
muth geträufelt; der Gedanke, auf welche Art er zu
seinem materiellen Glücke gekommen, trübte doch in
etwas die Freude des ersten Wiedersehens.

Dreizehntes Capitel.

Seit dem geheimnißvollen Tode des alten Mr.
Horne waren zwölf Monate verstrichen, und noch
war nicht die leiseste Spur entdeckt, welche zur Auf=
findung des Mörders oder der Mörder hätte führen
können.

Aus Mangel eines Testaments blieb Gerald
Mostyn als gesetzlicher Erbe unbeirrt in dem Be=
sitze des von seinem Großvater hinterlassenen Ver=
mögens.

Doctor Horne, dessen Pacht noch nicht zu Ende
war, wohnte noch auf Radnor's Ruin und übte
seine Praxis wie vorher.

Aber was sehr auffiel, war, daß seine hübsche
junge Frau vom Tage des an dem alten Onkel
verübten Mordes an in eine Traurigkeit verfallen

war, welche allmälig so nachtheilig auf ihre Gesund=
heit einwirkte, daß endlich die beständige Gegenwart
einer Krankenwärterin für nöthig erachtet wurde.

Alice Owen, fest entschlossen, sich ihren Lebens=
unterhalt in irgend einer Stellung, und wäre diese
auch noch so untergeordnet gewesen, zu verdienen,
nahm bereitwilligst diese Stelle bei der kranken Frau
an und wohnte nun in Radnor's Ruin.

Gerald Mostyn nahm vor Gott und der Welt
an Ansehen zu. Sein Ruf als einer der ausgezeich=
netsten und tüchtigsten unter den jungen Advocaten,
sein Rang als einer der einflußreichsten Grund=
besitzer in der ganzen Grafschaft, schmeichelten aller=
dings seinem Ehrgeize, aber mehr als alles dieses
beglückte ihn seine Beziehung zu Constanze Wynne,
als deren erklärter Bräutigam er überall angesehen
wurde.

Die Weihnachtswoche kam heran, auf welche Zeit
auch seine Vermählung angesetzt war.

Gerald Mostyn war gerade zu jener Zeit sehr
beschäftigt und konnte sich nicht so leicht von London
entfernen; er wurde aber am Weihnachtsabend, als
dem für seine Hochzeit anberaumten Tag, in Llyndell
erwartet.

Es war beschlossen, daß das junge Ehepaar
gleich nach der Heirath eine einmonatliche Reise
nach dem Continent machen und dann nach London
zurückkehren sollte, wo dringende Geschäfte die Gegen=
wart des gefeierten Advocaten nothwendig machten.

Große Vorbereitungen zur bevorstehenden Ver=

mählung der reichen Erbin wurden auf Schloß Llyn=
dell getroffen. Die halbe Grafschaft wurde zu die=
sem Feste geladen.

Gern hätten Gerald und Constanze auf all'
diesen Prunk verzichtet, aber Mrs. Horton wollte
eine solenne Hochzeit haben, und da man ihr in
Allem nachgab, was auf den „Glanz des Hauses"
Bezug hatte, so widersetzte sich auch Niemand dem
Willen der alten Frau.

Constanze fuhr in Begleitung ihrer Großmutter,
ihres Onkels und einer ihrer Cousinen nach der
Stadt, um die Ausstattung zu besorgen. Die kost=
barsten Kleider, die werthvollsten Shawls, Spitzen
und Juwelen wurden eingekauft und nach Llyndell
geschickt. Eine berühmte Putzmacherin, ein fran=
zösischer Koch und ein Zuckerbäcker wurden ver=
schrieben und sollten ihre Kunst dort zur Schau
stellen; mit einem Worte, Alles wurde aufgeboten,
weder Geld noch Mühe gespart, um die Vermäh=
lung der schönen und reichen Miß Wynne so glän=
zend zu machen, als nur immer möglich.

Die Woche vor der Hochzeit ging es gar toll im
Schlosse zu; selbst des Obersten Dienste wurden in
Anspruch genommen, er mußte die Einladungskarten
schreiben, welche nicht nur an die nächste Nachbar=
schaft, sondern auch an entferntere Freunde und Be=
kannte nach London, Brighton und Bath versendet
wurden. Da viele von den Gästen der größeren
Entfernung wegen in Llyndell zu übernachten ge=
zwungen waren, so mußten auch Gastzimmer bereit

gehalten werden, was natürlich die Vorbereitungs=
arbeiten um ein Bedeutendes steigerte.

Je näher der wichtige Tag heranrückte, desto
schöner wurde das Wetter.

Der Tag des Christabends selbst war zwar ein kalter,
aber wolkenloser Wintertag, welcher an und für sich
schon zu Spazierfahrten einlud, und es blieben von
den Geladenen nur sehr wenige aus.

Schon um neun Uhr des Morgens kamen die
Gäste angefahren.

Die Fräulein vom Hause waren zu dieser frühen
Stunde freilich noch nicht sichtbar, sie hatten noch
vollauf mit ihren Toiletten zu thun, aber Mrs.
Horton war schon in dem Empfangssalon, um die
Gäste zu bewillkommnen.

Mr. Moslyn und sein Freund Mr. Brent trafen
erst kurz vor der zur Trauung bestimmten Stunde
ein, da dringende Geschäfte in London und die Ein=
theilung der Eisenbahnzüge ihr früheres Eintreffen
unmöglich machten.

Die beiden jüngeren Misses Horton sollten die
Braut, Mr. Brent und Doctor Heath den Bräu=
tigam zum Altar begleiten. Mrs. Horton war die
Brautmutter, der Oberst North der Brautvater, und
der Bischof der Diöcese war gebeten, die Ehe ein=
zusegnen.

Um zehn Uhr war Alles bereit. Der geräumige
Empfangssaal war gedrängt voll von den Eingela=
denen, im Hofe und in den Zufahrtalleen standen
die Wagen und Reitpferde.

Die Braut saß noch in ihrem Zimmer und gab sich Gedanken der verschiedensten Art hin. Auf den Wunsch der Mrs. Horton war Constanze mit einer Pracht gekleidet, wie man sich in der ganzen Graf= schaft nicht erinnerte, je etwas Aehnliches gesehen zu haben. Ein weites Kleid von weißem Sammet mit einer breiten Bordüre von Orangeblüthen in Perlen gestickt umfloß ihren zarten Körper, in ähnlicher Weise waren die mit echten Spitzen besetzten Aermel und der Leib geziert, ein Bracelet und ein Hals= schmuck aus Diamanten umschloß ihre Hand und zierte den schneeweißen Nacken, ein Gewinde von Myrtenblüthen, ebenfalls aus orientalischen Perlen angefertigt, schlang sich um ihre Schläfe und ein kostbares Brustbouquet aus farbigen Edelsteinen voll= endete die Pracht ihres Anzuges. Wie ein leichter Nebel, um den Glanz der Sonne zu mäßigen, um= wallte ein luftiger Schleier die herrliche Gestalt.

So saß die holde Braut mit blassen Wangen und ernster Freude im Blicke da, bis das schnelle Oeffnen der Thür sie aus ihrem Traume riß.

„Bist Du fertig, Constanze?" riefen die beiden Misses Horton in's Zimmer hinein.

„Jawohl," antwortete Constanze mit freundlichem Lächeln und sanfter Stimme.

„Nun gut! es fehlen nur noch einige Minuten an fünf. Mr. Moslyn ist vor Kurzem erst angekommen und ging gleich nach seinem Zimmer, um sich um= zukleiden, jetzt wird er wohl auch schon fertig sein,"

8*

sagte Miß Violet, „also gehen wir hinab, man wartet schon auf uns."

Constanze folgte ihren Cousinen nach dem Empfangssaal.

Dort war schon die ganze Gesellschaft versammelt. Nach den üblichen Höflichkeitsbezeigungen reichten die Herren den Damen den Arm und geleiteten sie zu den Wagen.

Constanze und Gerald hatten sich längere Zeit nicht gesehen; jetzt konnten sie sich nur wenige Worte sagen, aber diese wenigen Worte waren durchdrungen von ihrer Herzen tiefst empfundener Liebe.

„Meine Constanze, meine angebetete Braut!" rief er aus und drückte ihre Hand mit Inbrunst an sein Herz.

„Ich bin Dein Weib, lieber Gerald, und überglücklich, Dich mein nennen zu können," erwiderte sie mit schwacher, seelenvoller Stimme.

„Mein Weib!"

„Für's Leben und in alle Ewigkeit!"

Sie waren nun in der Halle angelangt, wo sich die Gäste theilten und in ihre Wagen stiegen, um nach der Kirche zu fahren.

Vierzehntes Capitel.

Die Kirche war bereits überfüllt von Neu=
gierigen.

Unter einem allgemeinen Gemurmel von Be=
wunderung begab sich der Hochzeitszug paarweise
zum Altar und stellte sich dort in einem Halbkreis
auf. Der Bischof, das Buch in der Hand, stand
schon bereit, die Einsegnung zu vollziehen.

Der feierliche Act war bald vorüber, die Gebete
waren hergesagt, Oberst North überantwortete die
Braut und Gerald Mostyn steckte ihr den Ehering
an, das Symbol der Vereinigung; dann wurde der
Segen gespendet und Gerald und Constanze waren
im Angesicht des Himmels und der Erde Mann und
Weib.

Nach beendigter Ceremonie drängten sich alle um
die Braut und um den Bräutigam, um sie zu be=
glückwünschen, und es dauerte wohl geraume Zeit,
bis wieder Alle in ihren Wagen waren, um nach
Clyndell zurückzufahren.

Dort angelangt, ging es gleich nach dem Speise=
saale, wo die Tafel, auf das zierlichste gedeckt, von
Silber und Krystall funkelnd, Alles bot, was nur
immer der verfeinerte Luxus zu bieten im Stande war.

Unter fröhlichem Gespräch, bei Toasten und Fest=
reden war es schon ziemlich spät geworden, bevor
die Gesellschaft daran dachte, aufzubrechen.

Endlich wurde noch einmal die Gesundheit des jungen Ehepaars ausgebracht, und dann zog sich Constanze zurück, um ihren Brautanzug gegen ein Reisecostüm umzutauschen.

Unbemerkt verließ auch Gerald Mostyn den Speisesaal und ging nach der Bibliothek, wo er schon Mr. Osborne fand, kurz darauf kam auch der Oberst, Doctor Marauby und der Bischof. Recht gern würde Gerald diesen letzten Toast vermieden haben, aber die Sitte ist ein Despot, gegen den man sich nicht auflehnen darf. Die Gläser wurden gefüllt und noch einmal wurde auf die Gesundheit, auf das Glück und auf ein langes Leben des Mr. und der Mrs. Gerald Mostyn getrunken.

Nachdem Gerald in einer wohlgesetzten Rede in seinem und seiner lieben Frau Namen gedankt hatte, bat er sich auch die Erlaubniß aus, sich für die bevorstehende Fahrt umkleiden zu dürfen. –

Noch hatte er die Treppe nicht erreicht, als ein heftiger Schlag an das Hausthor ihn stillstehen machte.

Der Diener öffnete und ein Herr stand am Thore, welcher ohne Weiteres in die Halle trat und fragte:

„Ist Mr. Gerald Mostyn hier?"

„Freilich wohl," antwortete David.

„Sagen Sie ihm, es sei Jemand hier, der ihn zu sprechen wünsche."

„Ganz gut! aber — aber entschuldigen Sie — Sie können ihn nicht sprechen, er hat sich eben verheirathet."

„Meine Botschaft leidet keinen Aufschub. Sie müssen mich bei Ihrem Herrn melden."

„Aber bedenken Sie doch..."

„Keine Einrede," unterbrach ihn der Fremde, „es handelt sich um Leben oder Tod."

„Nun gut! wenn es absolut sein muß — aber wen soll ich melden?"

„Sagen Sie ihm, ein Herr vom Gericht."

„Sehr wohl," entgegnete David und schickte sich an, seinem Herrn den sonderbaren Besuch zu melden.

Aber Gerald hatte das Gespräch mit angehört, und kam näher, da erkannte er in dem Fremden einen alten Bekannten, und ohne an etwas Arges zu denken, rief er aus:

„Ah, Mr. Harrison, wie geht's, was machen Sie hier?"

„Ich danke, mir geht es gut, und Ihnen?"

„Sehr, sehr gut!" entgegnete Gerald, „wie ich glaube, haben Sie mit mir in einer Geschäfts= angelegenheit zu sprechen?"

„Allerdings," antwortete der Sheriff mit einigem Zaudern, als widerstrebe es ihm, seinen Auftrag aus= zurichten.

„Es mag wohl etwas sehr Wichtiges sein, was Sie bestimmt hat, gerade heute bei mir vorzusprechen?" sagte Gerald.

„Etwas sehr Wichtiges," wiederholte der Sheriff sehr ernst.

„Lassen Sie mich es also wissen."

„Mr. Moſtyn, es iſt nicht nur eine ſehr wich=
tige, ſondern auch eine ſehr traurige Angelegenheit,“
bemerkte der Sheriff.

Mittlerweile waren auch Mr. Osborne, der Oberſt
und mehrere andere Gäſte herbeigekommen.

„Iſt die Angelegenheit der Art, daß Sie eine
geheime Unterredung wünſchen?“ fragte Gerald.

„Das gerade nicht, aber ſie iſt für mich ſehr
ſchmerzlich,“ antwortete der Sheriff.

„Um's Himmels willen, ſo ſprechen Sie doch,
was haben Sie mir denn zu ſagen?“

„Nun denn, Mr. Moſtyn, Sie ſind mein Ge=
fangener,“ ſagte der Sheriff und legte ſeine Hand
auf Mr. Moſtyn's Schulter.

„Gefangener!“ riefen Alle aus, welche das ſchreck=
liche Wort gehört.

„Ja, mein Herr, es thut mir unendlich leid, daß
gerade ich der Vollſtrecker des Verhaftsbefehls gegen
Mr. Moſtyn ſein muß.“

„Verhaftsbefehl! Gefängniß!“

„Gerald Moſtyn!“ riefen Mr. Osborne, der
Oberſt North und der Biſchof gleichzeitig aus.

„Aber, großer Gott, auf was für eine Anklage?“
ſagte der Oberſt.

„In Folge einer Anklage, die ſich wohl als un=
begründet erweiſen wird,“ entgegnete der Sheriff.

„Aber, was iſt das für eine Anklage?“

„Gerald Moſtyn iſt verhaftet als des Mordes
verdächtig, welcher vor einem Jahre an ſeinem alten
Verwandten Hugh Horne verübt worden iſt.“

„Mörder!" rief der Oberst aus.

„Vatermörder!" stammelte der Bischof bis in die Lippen erbleichend.

Ob dieser Anschuldigung stand Gerald blaß und regungslos wie eine Statue da.

„Es ist allerdings eine fürchterliche Anschuldigung, aus welcher Mr. Mostyn's Unschuld ohne Zweifel rein wie Gold hervorgehen wird," sagte der Sheriff, „aber Sie werden einsehen, meine Herren, daß ich vorläufig meine Pflicht, so traurig sie auch ist, er= füllen muß."

„Gerechter Gott! wenn das im Salon ruchbar würde! Lieber Osborne, machen Sie doch schnell die Thüre zu, während ich die Dienerschaft fortschicken werde," sagte der Oberst ganz leise, und ging in das rückwärts gelegene Portierzimmer, um unter verschie= denen Vorwänden die daselbst versammelten Bedienten daraus zu entfernen.

Mr. Osborne that, wie er ersucht worden, aber zu spät! Schon war die Kunde von Mr. Mostyn's Verhaftung bis in den Salon gedrungen und ging in geheimnißvollem Wispern von Mund zu Mund. Der Oberst und Mr. Osborne gingen wieder zurück in die Vorhalle.

„Was ist jetzt zu thun?" fragte Mr. Osborne.

„Mein Herr," erwiderte der Sheriff, „es thut mir unendlich leid, aber Mr. Gerald Mostyn muß mit mir gehen."

„Nicht möglich!"

„Leider ist es so. Vor dem Hause wartet schon der Wagen."

„Aber um's Himmels willen sagen Sie uns doch, auf wessen Anklage ist der Verhaftsbefehl ausgefertigt worden?"

„Mein Herr, das kann ich nicht sagen. Alles, was ich weiß, ist, daß ich vor etwa zwei Stunden zu Mr. Judson beschieden wurde, welcher mir den Verhaftsbefehl einhändigte mit dem Bedeuten, unverzüglich meines Amts zu warten. Ich wollte meinen Ohren gar nicht trauen, da gab es aber kein Bedenken, — ich miethete einen Wagen, nahm zwei Gerichtsdiener mit mir, welche ebenfalls unten warten, und fuhr hierher. Und nun, meine Herren, will ich hoffen, daß Sie der Erfüllung meiner Dienstpflicht keine Hindernisse in den Weg stellen werden."

„Ich bin bereit, Ihnen zu folgen," sagte Mr. Mostyn, welcher bis jetzt noch kein Wort gesprochen hatte, mit aller Fassung.

Der Sheriff verneigte sich.

„Das habe ich von Mr. Mostyn erwartet," entgegnete er.

„Aber, Mr. Harrison," nahm der Oberst das Wort, „kann die Voruntersuchung nicht hier stattfinden?"

„Das ist unmöglich. Wie ich schon erwähnt, ist das Verbrechen, dessen Mr. Mostyn angeklagt ist, ein so schweres, daß meine Verantwortlichkeit eine nicht minder schwere ist."

„Wohin wollen Sie also vor der Hand Mr. Mo=
styn bringen?" fragte der Oberst ganz leise.

„In's Gefängniß," antwortete der Sheriff gleich=
falls mit halber Stimme.

„Und wann wird das Verhör beginnen?"

„Ich denke morgen Nachmittag. Aber jetzt, meine
Herren, werden Sie entschuldigen. Mr. Mostyn, wir
müssen uns auf den Weg machen."

„Ich bin bereit," entgegnete der Gefangene.

Der Sheriff trat vor's Thor und befahl dem
Kutscher, vorzufahren. Mr. Mostyn warf den Man=
tel um, den Mr. Osborne mittlerweile geholt hatte,
reichte seinem Freunde stillschweigend die Hand und
stieg ein.

Noch hörte man das Rollen des Wagens, da
flog die Thür des Salons auf, und die Gäste, welche,
so kurz auch die Verhaftungsscene dauerte, ihrer ban=
gen Neugier doch nicht mehr länger Einhalt thun
konnten, stürzten heraus und erfuhren nun, daß sich
ihre schrecklichsten Befürchtungen nur zu sehr bewahr=
heitet hatten, daß Mr. Mostyn wirklich, des Mordes an
seinem Großvater Mr. Hugh Horne angeklagt, in's
Gefängniß abgeführt worden war.

Es wäre schwer, beinahe unmöglich, die Scene
der Bestürzung und des Staunens wiedergeben, zu
wollen, welche dieser schauerlichen Enthüllung folgte.
Die alte Mrs. Horton, zu schwach, um so unvor=
bereitet einem solchen herben Schicksalsschlage die
Stirn bieten zu können, sank zusammen, als man
ihr, wenngleich mit möglichster Schonung, die Kunde

hiervon überbrachte, und ward im Zustande völliger
Bewußtlosigkeit auf ihr Zimmer gebracht.

Fünfzehntes Capitel.

So sonderbar es auch scheinen mag, daß Con=
stanze Gerald's Gefangennahme erst erfuhr, nachdem
dieser schon auf dem Wege zum Gefängnisse war,
so erklärt sich dies doch zum Theil dadurch, daß das
Zimmer, in welchem sie ihre Brauttoilette gegen einen
Reiseanzug vertauschte, etwas abgelegen und mit der
Aussicht nach dem Garten war, daß die Verhandlun=
gen betreffs der Verhaftung möglichst stille gepflogen
wurden und daß Niemand von den Augenzeugen
aus freiem Antriebe den höchst peinlichen Auftrag
übernehmen wollte, die arme Constanze von dem
traurigen Vorfalle in Kenntniß zu setzen. Gerald
selbst mochte wohl seiner lieben Frau das Schmerz=
liche dieser Scene in Gegenwart so vieler Fremden
haben ersparen wollen, um so mehr, als er, im vollen
Bewußtsein seiner Unschuld, keinen Augenblick zwei=
felte, der Irrthum werde sich aufklären und er werde
vielleicht schon am nächsten Tage wieder zurückkehren
in die Arme seiner geliebten Constanze. Die Gäste
im Salon erfuhren auch erst mit Bestimmtheit, was
vorgefallen war, als Gerald bereits im Wagen saß.

Doch kehren wir zu der unglücklichen Frau zurück.

Wie schon erwähnt, verließ Conſtanze den Speiſe=ſaal, um ſich zur Abreiſe nach ihrer neuen Heimath Horne's Hole bereit zu machen. Mrs. Osborne be=gleitete ſie auf ihr Zimmer, wo Lily Horton und die alte Kammerfrau Evans ſie ſchon erwarteten.

Bei ihrem Eintritte ſchob ihr Miß Lily gleich einen Armſtuhl zu, die alte Evans brachte einen Fußſchemel herbei. Conſtanze mußte ſich der Etikette fügen. Ohne daß ſie an ſich ſelbſt eine Hand an=legen durfte, löſte man ihr den Schleier vom Kopfe, nahm ihr den Hochzeitsſchmuck ab, endlich das koſtbare Brautkleid, mit einem Worte, man ließ ſie die Brauttoilette gegen einen einfachen Reiſeanzug ver=tauſchen.

Nachdem dies geſchehen war, umarmten ſie Mrs. Osborne und Miß Lily, und — auf ausdrückliches Verlangen Conſtanzens, welche einen Augenblick allein bleiben wollte, um ſich von den Stürmen des Tages zu erholen und ungeſtört den Gedanken an Gerald und ihr Glück nachhängen zu können — verließen ſie und die alte Evans das Zimmer.

Conſtanze warf ſich in einen Armſtuhl, und halb im Gebete, halb im freudigen Dankgefühle gegen den gütigen Schöpfer, der ſie an das Ziel ihrer Wünſche hatte gelangen laſſen, ſchwelgte ſie in dem Gedanken an die ſchöne Zeit, die ſie an der Seite ihres theuern Gerald durchleben werde. Sie war ſo erfüllt von ihrem Glücke, daß ſelbſt die bange Ahnung, welche

sie von zarter Kindheit an so häufig beschlich, ver=
stummen mußte.

Ein ungewöhnlich starker Schlag an das Haus=
thor, welcher durch das ganze Haus widerhallte,
schreckte sie aus ihren süßen Träumen auf. — Es
war — wie wir wissen, der Sheriff, welcher Einlaß
verlangte.

Constanze horchte auf. Es war ihr, als hörte
sie Fußtritte und Stimmen, sie legte aber darauf
kein Gewicht, denn im Hause waren ja so viele
Fremde, daß so etwas gar nicht auffallen konnte.
Nach einer Weile vernahm sie, wiewohl ganz undeut=
lich, aber doch ein regeres Getreibe und verworrene
Stimmen.

„Ah! die Gesellschaft trennt sich," dachte sie, und
da kurz darauf Alles still wurde, so nahm auch sie
den Faden ihrer Gedanken wieder auf.

Zurückgelehnt in ihrem Armstuhl und in sehn=
süchtiger Erwartung des Augenblickes, der ihr den
geliebten Gatten zuführen sollte, saß sie da, als sich
ein leises Klopfen an der Thür hören ließ.

Das Blut erstarrte in ihren Adern vor freudiger
Bewegung, und ein kaum hörbares „Herein!" ent=
schlüpfte ihren Lippen.

Wie sehr erstaunt, wie tödtlich erschreckt war sie
aber, anstatt ihres Geliebten Mrs. Osborne zu sehen,
die todtenbleich und am ganzen Körper zitternd auf
der Schwelle stand.

„Um des Himmels willen," rief sie aus, „was
ist geschehen?"

„Ach! Constanze, meine theure Constanze!" er=
widerte Mrs. Osborne mit dem Ausdruck des tiefsten
Schmerzes in Wort und Blick und sank neben der
Freundin auf einen Stuhl hin.

Constanze sprang auf und fing Mrs. Osborne
in ihren Armen auf.

„Ein Unglück ist geschehen? Also nur schnell, was
ist's, was giebt's?"

„Ach, meine Liebe! — Gerald!"

„Mein Gott! Gerald? was ist ihm geschehen?"
schrie Constanze.

„Ach! wie soll, wie kann ich es Ihnen sagen?"

„Sprechen Sie — sprechen Sie! — Gerald —
Gerald haben Sie gesagt!" rief Constanze aus und
erfaßte die Lehne ihres Stuhles, um nicht umzusinken.

„Ach, Constanze, seien Sie auf Alles, auf das
Schlimmste gefaßt!"

„Mein Gott! Was ist Gerald geschehen? Ist
er — todt? Wo ist er — wo?" und mit einem
herzzerreißenden Schrei wollte sie aus dem Zimmer
stürzen.

Mrs. Osborne hielt sie zurück.

„Nein, nicht todt," sagte sie. „Setzen Sie sich,
liebe Constanze. Ich will Ihnen Alles sagen. —
Fassen Sie sich. — Seien Sie stark."

„Bei Ihrer Seligkeit, bei Allem, was Ihnen
lieb und werth ist, beschwöre ich Sie, lassen Sie mich
nicht länger mehr in dieser furchtbaren Ungewißheit.
Sprechen Sie, ich bin gefaßt!"

„Mein Kind! Gerald ist — verhaftet!"

„Verhaftet?" wiederholte Constanze, mehr er=
staunt, als erschreckt, denn das schrecklichste der
Schrecken, der Gedanke an Gerald's Tod, war von
ihrer Seele genommen; „verhaftet? sagen Sie?"

„Ja."

„Verhaftet? Aber weshalb? War er etwa ver=
schuldet? So reden Sie doch, martern Sie mich
nicht noch mehr!"

„So hören Sie denn," fuhr Mrs. Osborne fort,
„Ihr Gatte ist des — ist des Mordes angeklagt."

„Mord!" schrie Constanze laut auf und bedeckte
sich das Gesicht mit beiden Händen; dann fiel sie in
ihren Armstuhl zurück. „Entsetzlich! Unmöglich!"

Es erfolgte eine Pause. Constanze war die
Erste, welche das Schweigen brach. Mit leiser, beinahe
geisterhafter Stimme sagte sie:

„Verhehlen Sie mir nichts, liebe Mrs. Osborne,
sagen Sie mir Alles. Wen soll Gerald — gemordet
haben?"

„Den alten Hugh Horne."

„Seinen Großvater!" rief Constanze aus; „hei=
liger Gott!"

„Liebe Constanze, wir wissen nicht, auf welchen
Gründen diese Anklage beruht; und wir glauben
auch gar nicht daran..."

„Daran glauben?" fiel ihr Constanze in die
Rede. „Verflucht sei der, der an eine solche Mög=
lichkeit glaubt! Mein Gerald, mein theurer Gerald
ein Mörder! Das ist ja Wahnsinn, das ist ja Gottes=
lästerung!"

„Es glaubt ja auch Niemand daran," erwiderte Mrs. Osborne.

„Und wo ist er jetzt?" fragte Constanze.

„Liebes Kind, es war nicht zu helfen — Alles wurde versucht — aber der Sheriff..."

„Wo ist er, frage ich, wo ist mein Mann? Ich will, ich muß es augenblicklich wissen."

„Er wurde nach..."

„Nun?"

„Nach dem Ortsgefängnisse abgeführt."

„Nach dem Ortsgefängnisse? Himmlischer Vater! Muß das heute seine Wohnung sein!"

„Es war nicht zu vermeiden, liebe Constanze."

„Ah! Mrs. Osborne! Sie nennen sich meine Freundin, und während ich ihn hier sehnsüchtigst erwartete, ließen Sie ihn nach dem Gefängnisse bringen, ohne mich davon zu benachrichtigen — daß ich ihn doch vor seiner Abreise noch einmal hätte sehen können, vielleicht hätte man mir erlaubt, mit ihm zu gehen. Ah, Mrs. Osborne, war das freundschaftlich gehandelt?" sagte Constanze im Tone des bittersten Vorwurfes.

„Ja, meine Liebe! Das war ein Beweis von Freundschaft," entgegnete Mrs. Osborne, „obgleich Sie einer andern Ansicht sind. Wir wollten Sie nicht den neugierigen Blicken der gaffenden Menge aussetzen, wir wollten Mr. Mostyn den Schmerz der Trennung ersparen."

„Ah, grausam, unmenschlich! Aber hier die Zeit mit leerem Wehklagen zu verbringen, wäre eben so grau=

sam meinerseits. Mrs. Osborne, Sie sitzen beim Glockenzug, wollen Sie so gut sein und läuten!"

„Recht gern, liebe Constanze, aber was wollen Sie denn?"

„Dem Kutscher sagen lassen, er möge unverweilt anspannen."

„Aber, liebes Kind, wozu den Wagen in so später Stunde?"

„Meinem Manne folgen," antwortete Constanze mit aller Ruhe, „wo er ist, da will auch ich sein."

„Aber er wird ja nach Gwyn in's Gefängniß gebracht."

„Nun, so will auch ich nach Gwyn."

„Bedenken Sie aber doch, liebe Constanze, daß Gwyn zwölf Meilen von hier entfernt ist."

„Und wären es zwölftausend Meilen, so würde mich das nicht abschrecken."

„Mein Gott! Und die späte Stunde, die finstere Nacht!"

„Und wäre es Mitternacht und brauste draußen ein Orkan, so würde ich mich nicht einen Augenblick besinnen. Evans!" sagte sie zu der Kammerfrau, welche eben in's Zimmer trat, „geh und sage David, er soll veranstalten, daß der Kutscher anspanne — wenn dies geschehen, dann komme wieder."

„Aber liebe theure Constanze, Sie werden doch nicht im Ernste daran denken, zu einer solchen Stunde nach Gwyn zu fahren," bemerkte Mrs. Osborne, als Evans das Zimmer verlassen hatte.

„Nein, liebe Freundin, „d e n k e n werde ich daran

nicht, da es bei mir schon eine ausgemachte Sache ist und gar keines Denkens mehr bedarf. Mit Sonnenaufgang will ich bei Gerald sein," antwortete Constanze auf das bestimmteste.

„Da Sie so fest entschlossen sind, will ich auch nicht mehr versuchen, dagegen Einsprache zu erheben, aber e i n e Bemerkung muß ich mir doch noch erlauben. Ihre Großmutter ist sehr krank."

„Meine Großmutter krank!" antwortete Constanze wie Jemand, der, nachdem ihn der härteste Schlag getroffen, gegen alles Andere so zu sagen unempfindlich geworden.

„Ja, meine Liebe, bei der Nachricht von Mr. Mostyn's Verhaftung wurde sie ohnmächtig und mußte zu Bett gebracht werden."

„Da muß ich gleich zu ihr," sagte Constanze, stand auf und ging aus dem Zimmer.

In der Hoffnung, der bedenkliche Zustand der alten Frau werde Constanze doch bestimmen, zu bleiben, folgte ihr Mrs. Osborne nach dem Schlafzimmer der Mrs. Horton.

Es war dunkel im Zimmer. Die alte Frau schlief ruhig, Doctor Horne stand bei ihr und beobachtete sie; die drei Mädchen saßen an ihrem Bette.

Constanze erkundigte sich genau nach der Großmutter Befinden, und Mr. Horne sagte ihr, daß die Kranke für den Augenblick außer Gefahr sei und daß er glaube, nach dem Erwachen werde sie sich bedeutend wohler fühlen.

9*

Nachdem sie nun hierüber beruhigt war, ging sie wieder zurück auf ihr Zimmer.

Mrs. Osborne folgte ihr nach.

„Jetzt werden Sie wohl nicht fortfahren?" fragte sie Constanzen.

„Jetzt nicht, aber in einer halben Stunde, liebe Mrs. Osborne.

„Wie? Und Sie lassen die Großmutter krank zurück?"

„Der Großmutter geht es besser, sie schläft ruhig und wird bald genesen. Sie hat Sie, den Doctor Horne und meine Cousinen um sich. Mr. Mostyn ist allein und mein Platz ist an meines Mannes Seite," entgegnete Constanze.

Jetzt erschien Evans und meldete, daß der Wagen bereit stände.

Nicht lange, und alle nöthigen Reisevorbereitungen waren getroffen.

„Gott befohlen, liebe Mrs. Osborne," sagte Con=stanze. „Wenn Jemand nach der Ursache meines Verschwindens fragt, so geben Sie ihm die nöthige Aufklärung. Leben Sie wohl."

„Wann werden Sie wiederkommen?"

„Das weiß ich selbst nicht. Wann Gott will!"

„Ach! wäre doch der Oberst hier," dachte Mrs. Osborne, als sie Constanze in den Wagen steigen und davonfahren sah.

Aber der Oberst war nicht zu finden.

Und so konnte Constanze Mostyn unbeirrt ihre Reise nach Gwyn antreten.

Während dieser nächtlichen Fahrt durch dichte
Wälder und enge Schluchten trat der Gedanke an
der Zigeunerin Prophezeiung, die sich zum Theil
schon bewahrheitet hatte, nach langer Zeit wieder zum
ersten Male vor ihre Seele. Aber sie machte sich
selbst Vorwürfe über ihren Aberglauben, und mit
christlicher Ergebung rief sie aus:

„O, mein Gott, Du wirst mich nicht verlassen!
Deiner unendlichen Güte, Deiner Allbarmherzigkeit
empfehle ich mich!"

————————

Sechzehntes Capitel.

In dem geschlossenen Wagen, welcher Mr. Mostyn
in das Gefängniß nach Gwyn bringen sollte, saß
dieser auf dem Rücksitze, ihm zur Seite Mr. Harrison,
und auf dem Vordersitze die zwei Gerichtsdiener.

In der guten Absicht, den Gefangenen zu zer=
streuen, fing der Sheriff zu wiederholten Malen ein
Gespräch an, aber Gerald ging niemals darauf ein,
und da die beiden Gerichtsdiener aus wohl begreif=
licher Scheu auch nichts sprachen, so ging die mehr=
stündige Fahrt unter absolutem Schweigen vor sich.

Gerald's Gedanken waren mittlerweile auf die
Sonderbarkeit seiner dermaligen Lage gerichtet. Noch
vor einer Stunde ein allgemein geachteter Mann, der

glückliche Gatte des reizendsten Weibes und jetzt ein
Gefangener in den Händen des Sheriffs und unter
der Anklage eines verübten Mordes! Es war un=
begreiflich. Er fühlte sich unter dem Einflusse eines
heftigen Fiebers, es war ihm unmöglich, klar zu
denken, er mußte sich alle Gewalt anthun, um nur
einen Gedanken festhalten zu können. Unter welch'
möglichem Vorwande konnte er dieses so unnatürlichen
Mordes geziehen werden? Er überdachte alle Bezie=
hungen seiner Verwandten zu dem verstorbenen Groß=
vater, alle Nebenumstände gelegentlich seines letzten
Besuches auf Horne's Hole, ohne auch nur den ge=
ringsten Anhaltepunkt herauszufinden, welcher einiges
Licht über die Anschuldigung hätte verbreiten können.
Der Sheriff wußte auch nichts oder durfte und wollte
nichts sagen, es blieb also nichts Anderes übrig, als
auf das erste Verhör zu warten, welches am nächsten
Tage mit ihm vorgenommen werden sollte.

Aber mehr als all' das quälte ihn der Gedanke,
welchen Eindruck seine Verhaftung auf Constanze, sein
angebetetes Weib, und auf seine vielen Freunde machen
werde. Würden ihm d i e s e ihre Achtung nicht ent=
ziehen? Würde s i e ihm ihre Treue und Liebe bewahren?

In Mitte dieser Betrachtungen drängte sich un=
willkürlich des Astrologen Prophezeiung seinem Ge=
dächtnisse auf, aber die theilweise Erfüllung — so
sonderbar es auch war — schrieb er doch nur dem
Zusammentreffen der Umstände zu, und dachte weiter
gar nicht mehr daran.

Noch brütete er vor sich hin, als der Wagen in

Gwyn einfuhr und bald darauf vor dem Gefängniß=
thore stehen blieb.

Die Gerichtsdiener stiegen zuerst aus, dann folgte
der Sheriff und endlich Mr. Mostyn.

Es war finstere Nacht, Todtenstille herrschte
rings um sie herum. Vor ihnen erhob sich das
Gefängniß, ein ziemlich großes Gebäude, mit einer
Mauer umgeben, welche einen geräumigen Hof ein=
schloß; in einer Linie mit der Mauer stand ein klei=
nes zweistöckiges Haus, welches der Gefangenwärter,
der zufällig auch provisorisch die Verwaltersstelle ver=
sah, bewohnte. Die Gerichtsdiener mußten gar lange
an das Thor klopfen, bevor sie Jemanden wach rufen
konnten; endlich ging ein Fenster auf und eine Stimme
ließ sich vernehmen, welche fragte:

„Was zum Teufel giebt’s denn da unten? Was
wollt Ihr?“

„Es ist der Sheriff mit einem Gefangenen,“
lautete die Antwort.

„Ah so! Werde gleich kommen.“

Nach ein paar Minuten kam der Gefangenwärter
in Begleitung eines Unterwärters an’s Thor, schob
die schweren Riegel zurück, hob die Querstangen her=
aus, sperrte auf und ließ die Gerichtsleute mit dem
Gefangenen herein. Der Sheriff nahm den Ge=
fangenwärter bei Seite, setzte ihn in Kenntniß von
dem Namen und dem Stande des Gefangenen, von
dem Verbrechen, dessen er angeklagt sei, und legte
ihm mit aller Wärme eine gute Behandlung und
gewisse Rücksichten für den Unglücklichen an’s Herz.

Dann trat er wieder an Mr. Moſtyn heran und
ſagte, indem er auf den Verwalter zeigte:

„Mr. Wardour, der Gefangenwärter und provi=
ſoriſche Verwalter. — Mr. Moſtyn.“

„Ich kann nicht ſagen, daß es mich freut, Sie
zu ſehen, auch glaube ich nicht, daß Sie ſehr erfreut
ſein werden, meine Bekanntſchaft zu machen — aber
wir wollen unſer Möglichſtes thun, um Ihnen den
Aufenthalt unter uns möglichſt wenig unangenehm zu
machen,“ ſagte Mr. Wardour allen Ernſtes und mit
aufrichtiger Theilnahme.

Mr. Moſtyn verneigte ſich, ohne ein Wort zu
reden.

„Geh’ voran,“ ſagte der Gefangenwärter zu
dem Diener, welcher, eine Laterne in der Hand, den
Weg nach dem Haupteingange des Gefängniſſes
einſchlug.

Das ſchwere, mit Eiſenblech beſchlagene Thor
ging auf, und ſie traten in einen langen düſteren
Gang. Durch die erſte Thür rechts kamen ſie in
die Amtsſtube, wo das Uebergabe= und Aufnahme=
protokoll aufgenommen wurde, worauf der Sheriff
von Mr. Moſtyn Abſchied nahm, und mit ſeinen Be=
gleitern das Gefängnißhaus verließ.

„Jetzt, mein Herr,“ ſagte der Gefangenwärter
ganz artig, „will ich Sie in Ihr Zimmer führen.“

Mr. Moſtyn nickte mit dem Kopfe, ſtand auf
und folgte ihm. Tom Turner, der Diener, die La=
terne in einer und einen Bund Schlüſſel in der an=
dern Hand, ging voran. Sie ſtiegen einige Stufen

hinauf, bogen in einen langen Corridor ein und
hielten erst bei der letzten Thür an. Mr. Warbour
öffnete sie und ließ den Gefangenen in ein kleines
Zimmer eintreten, welches nur ein vergittertes Fenster
hatte, und dessen Einrichtung in einem Gurtenbette,
einem Stuhl und einem Tische bestand.

„Ich habe Ihnen dieses Zimmer angewiesen,"
sagte er, „weil es eines der freundlichsten im ganzen
Hause ist — wenn man überhaupt eines freundlich
nennen kann; jedenfalls ist es rein und trocken, liegt
gegen Süden, hat sehr viel Sonne und sieht gegen
die Landstraße."

„Ich danke Ihnen," erwiderte Mr. Mostyn.

„Möchten Sie vielleicht, daß man ein wenig
einheize? Ich glaube aber, Sie thäten am besten, sich
ein wenig niederzulegen," fuhr Mr. Warbour fort
mit der Artigkeit eines Hausherrn gegen seinen Gast.

„Sie würden mich sehr verbinden, wenn Sie mir
einheizen ließen, auch bitte ich um Licht, Schreib=
requisiten und ein Waschtischchen, ich werde mich nicht
niederlegen."

„Sie sollen gleich bedient werden," entgegnete der
Gefangenwärter. „Geh' und mache Feuer," sagte er
zu seinem Gehilfen Tom Turner, „für das Uebrige
werde ich schon selbst sorgen."

Kurz darauf prasselte ein lustiges Feuer im Ka=
min, und ein kleiner Tisch, auf welchem ein ange=
zündetes Licht, Tinte, Feder und Papier lag, wurde
hereingebracht.

„Nun, mein Herr, kann ich noch mit etwas die=
nen?" fragte Mr. Warbour.

„Nein, ich danke Ihnen recht sehr," antwortete
Gerald.

„Wie dem auch immer sei, ich und Tom Turner
stehen Ihnen immer zu Diensten. Hören Sie nicht
weiter darauf, wenn die Riegel an der Thür vor=
geschoben werden — es ist nun einmal so die Haus=
ordnung."

Mr. Warbour verneigte sich und ging der Thür
zu, kehrte aber gleich wieder um und sagte:

„Entschuldigen Sie, was möchten Sie denn zum
Frühstück haben?"

„Wie immer, lieber Freund. Es ist mir wirklich
einerlei.

„Aber nach irgend etwas werden Sie doch die
meiste Lust haben."

„Also eine Tasse Kaffee."

„Und etwas Backwerk dazu, was Mrs. Warbour
zurecht machen wird," sagte Tom Turner ganz leise
zum Gefangenwärter und stieß ihn dabei mit dem
Ellenbogen.

„Wir werden schon machen," entgegnete Mr.
Warbour mit einer Verbeugung; dann ging er hin=
aus, sperrte die Thür ab und verriegelte sie mit so
wenig Geräusch als möglich, um den Gefangenen
nicht noch mehr zu erschrecken.

Nun war Gerald allein. Eine Weile blieb er
gedankenvoll vor sich hinstierend, dann setzte er sich
zum Tische, legte die Schreibmaterialien vor sich hin

und fing an, einen Brief an seine junge unglückliche
Frau zu schreiben. Seite nach Seite füllte sich mit
den Ergüssen seines übervollen Herzens, und als er
wieder auffah, graute bereits der neue Tag, der
Christtag, — aber was für ein Christtag für ihn!

Er stand auf, löschte das Licht aus und öffnete
das kleine Fenster, um die frische Morgenluft ein-
zulassen.

Durch das Gitter konnte er auf die entfernten
Hügel schauen, die mit Schnee bedeckt im Golde der
aufgehenden Sonne erglänzten.

Dann senkte er seinen Blick und sah auf die
Landstraße, die sich allmälig zu beleben anfing.

Gerade dem Gefängnisse gegenüber war das
Gasthaus gelegen, rechts davon die Post, und links
eine chirurgische Officin mit der Aufschrift: D o c t o r
H e a t h.

Gerald schaute auf Alles das, und sah es nicht,
seine Gedanken waren anderwärts beschäftigt.

„Constanze! Constanze! Was wird sie wohl jetzt
machen? Wer wird, wer kann sie trösten?" Diese
und ähnliche Fragen zogen wirr durch seinen Kopf.

Während er so nachsann, schlug das Rollen
eines Wagens an sein Ohr, es war nicht das Ge-
rassel der gewöhnlichen Bauernwagen. Er blickte
auf die Straße hinab, und erkannte an dem grünen
Wagen mit den hübschen Braunen die Equipage aus
Lyndell.

„Ah!" sagte er vor sich hin, „der Oberst
North."

Er wollte sich eben wieder vom Fenster zurück=
ziehen, da hielt der Wagen am Gefängnißthor, und
bevor noch der Kutscher Zeit hatte, vom Bocke herab=
zuspringen, ging der Wagenschlag auf, und Con=
stanze stieg aus.

Obgleich es noch nicht an der Zeit war, daß
Fremde sollten eingelassen werden, so mußte Con=
stanze doch Mittel und Wege gefunden haben, dieses
Verbot umgehen zu dürfen, denn nicht lange, so hörte
Gerald Tritte im Corridor; im nächsten Augenblick
wurde die Thür geöffnet und Constanze lag in sei=
nen Armen.

Tom Turner hatte sie eingelassen und entfernte
sich gleich wieder.

Gerald hielt das geliebte Weib fest umschlungen.

„Constanze, meine Constanze!" rief er begeistert
aus. „Wie danke ich Dir für diesen Beweis von
Liebe und Treue!"

„Mir danken?" erwiderte sie mit rührender Zärt=
lichkeit, und sah ihn dabei mit wehmüthig freudigem
Blicke an. „Ist es nicht mein geheiligtes Vorrecht,
zu Dir zu kommen?"

„Aber, liebes Weib, meine engelsgute Constanze,"
fuhr er fort und streichelte ihr die dunkeln Locken
aus dem Gesichte, „wie blaß Du bist! Du mußt ja
die ganze Nacht durch gefahren sein, um so früh des
Morgens hier anzulangen."

„Freilich wohl, mein geliebter Gerald. Konntest
Du etwa glauben, ich würde ruhig zu Hause bleiben?
Das war aber Alles nichts. Gott Lob! jetzt bin ich

bei Dir," sagte sie und wischte die letzten Spuren von Thränen aus ihren Augen.

„Ich wollte nicht weinen," fuhr sie fort, „ich wollte ruhig sein; denn so peinlich die ganze Angelegenheit für uns auch ist, so muß sie doch in wenig Stunden geordnet sein. Wie man mir sagte, wird das Verhör heute um zehn Uhr beginnen. Und die gegen Dich erhobene Anklage ist so widersinnig, so — wenn sie nicht so trauriger Natur wäre, möchte ich sagen, so lächerlich, daß sie schon beim ersten Verhöre in ihr Nichts zerfallen muß."

Gerald hätte ihr gern gesagt, daß, wenn dem auch wirklich so sei, das Brandmal der Anschuldigung doch auf seiner Stirn gedrückt bleibe, bis der wahre Verbrecher entdeckt wäre.

Jetzt ließen sich Fußtritte hören; noch einmal drückte er sie an sein hochklopfendes Herz und preßte einen feurigen Kuß auf ihre Lippen, dann führte er sie zu dem einzigen Stuhle, welcher im Zimmer stand; sie setzte sich darauf, Gerald blieb an ihrer Seite stehen und wartete, wer da kommen würde.

Es war Tom Turner, welcher kaltes und warmes Wasser brachte und meldete, daß das Frühstück bereit sei. Hierauf entfernte er sich, aber bevor noch Mr. Mostyn sich Gesicht und Hände gewaschen hatte, war er schon wieder zurück und brachte ein gutes Frühstück für zwei Personen. Er stellte es auf den kleinen Tisch, brachte einen zweiten Stuhl, und nachdem er Mr. Mostyn gesagt hatte, er möge nur

klopfen, wenn er noch etwas brauche, ging er hin=
aus und blieb vor der Thür stehen.

Die beiden Gatten setzten sich an den Tisch und
sahen einander bedeutungsvoll an, als wollten sie
sagen: „Wir dachten wohl nicht, daß wir das erste
Frühstück nach unserer Trauung in einer Gefängniß=
zelle einnehmen würden — allein wir nehmen es doch
z u s a m m e n ein.“

Wie leicht begreiflich, aßen sie wenig, sie
tranken nur ein paar Schluck Kaffee, dann riefen
sie Tom Turner herein, damit er das Frühstück
wegnehme.

Bis gegen zehn Uhr blieben Gerald und Con=
stanze allein; da kam der Gefangenwärter Mr. War=
dour und sagte dem Gefangenen, daß der Sheriff
angekommen sei, um ihn nach der Gerichtsstube zu
führen.

„Meine theure Constanze,“ sagte nun Mr. Mo=
styn, indem er aufstand, „wo wirst Du einstweilen
bleiben?“

„Wo? An Deinem Arme, an Deiner Seite; ich
will Dich nicht verlassen, Gerald.“

„Mein Kind, ich danke Dir, aber das geht doch
nicht an. Die Gerichtsstube ist nicht der Ort für
eine zarte Frau.“

„Und das ist keine Zeit für kleine Zimperlich=
keiten,“ rief Constanze aus, „der Platz einer Frau
ist an der Seite ihres Mannes in Freud’ und
Leid. Lieber, guter Gerald, laß mich bei Dir
bleiben!“

„Aber, theures Weib, Du kannst mich wahrhaftig nicht nach einem solchen Orte begleiten."

Constanze öffnete den Mund, hielt aber inne, sie sah ihn auf's zärtlichste an, bevor sie sagte:

„Ah! sag' nur das nicht. Bedenke, welch' süße Bande mich an Dich fesseln. Schicke mich nicht von Deiner Seite, denn ich müßte gehorchen, und das würde mich tief, auf's tiefste schmerzen."

„Es ist ja um Deinetwillen, liebe Constanze, daß ich Dich bitte, mich zu verlassen."

„Dann laß' mich mir zu Liebe mit Dir gehen."

„Lieber Engel, Du weißt nicht, was Du ver= langst. Die neugierige Menge, die bei solchen Ge= legenheiten niemals fehlt, wird Dich verwundert angaffen...."

„Ich will meinen Schleier niederlassen," fiel Constanze ihm in die Rede, „sie sollen das Gesicht Deines Weibes nicht sehen... Gerald, laß mich mit Dir gehen. Mein theurer Gatte, schlage mir doch die erste Bitte nicht ab!"

Der flehende Ton, der kummervolle Blick rühr= ten Gerald beinahe zu Thränen.

„So sei es denn," rief er aus, „komm an mein Herz, Du, mein gutes, heldenmüthiges Weib!"

Ein paar Minuten später erschien der Sheriff; er verneigte sich und lud den Gefangenen ein, ihm zu folgen.

Von der Zelle ging es über den Corridor, die Treppe hinab, durch die Vorhalle auf die Straße nach der Gerichtsstube, welche sich in einem Hause dem Gefängnisse gegenüber befand, und vor welchem eine Menge Menschen standen.

„Ist sie auch eine Mitschuldige an dem Morde?" fragten sich die Leute untereinander.

Mr. Mostyn's Blick schweifte mit dem Ausdrucke völliger Ruhe über die Menge, und so manches freche Auge senkte sich zur Erde vor der überzeugenden Wahrheit. .

Sie traten in die Gerichtsstube ein. Die Gerichtsdiener, welche an der Thür standen, ließen nur jene Personen hinein, welche in irgend einer Weise bei der Verhandlung zu thun hatten.

Nebst den Zeugen waren noch Mr. Osborne und der Oberst North zugegen, welche dem Angeklagten die Hand reichten und nicht wenig erstaunt waren, Constanze an Gerald's Seite zu erblicken.

„Ich bin überzeugt, daß das Mißverständniß Ihrer Verhaftung sich bald aufklären wird," sagte der Oberst zu Mr. Mostyn.

„Ich will es hoffen," erwiderte Gerald, „und ich muß Ihnen recht vielmal danken, daß Sie so gütig sind, meinem Verhöre beizuwohnen."

„Es ist nicht mehr als billig, daß ich bei so traurigen Anlässen dem Manne zur Seite stehe, der zu unserer Familie in so nahe Beziehung getreten," antwortete der Oberst.

Mr. Mostyn verneigte sich zum Zeichen des Dankes.

„Aber, lieber Freund," fuhr der Oberst fort, „ich muß gestehen, daß ich sehr überrascht und unangenehm berührt bin, meine Nichte hier zu sehen. Das ist doch sicherlich nicht der Ort für eine Dame. Erlauben Sie mir, daß ich ihr das Unziemliche ihres Benehmens begreiflich mache. Ich will sie nach einem Zimmer im Hôtel bringen."

„Mein Herr," entgegnete Gerald, „Mrs. Mostyn ist ihre eigene Frau."

„Liebe Constanze," sagte nun der Oberst, indem er an sie herantrat, „nimm meinen Arm, wir wollen dieses Zimmer verlassen, es paßt nicht, daß Du länger hier weilst."

„Onkel! Ich bin hier aus eigenem Antriebe und mit meines Gatten Einwilligung. Ich danke Ihnen für den gütigen Antrag, aber ich werde bleiben," sagte Constanze mit aller Bestimmtheit.

„Tolles Weib," murmelte der Oberst vor sich hin. Und bevor er noch weiter reden konnte, legte der Richter, welcher bisher auf's eifrigste geschrieben hatte, die Feder nieder, sah von seinen Schriften auf und machte Miene, das Verhör zu beginnen.

Siebzehntes Capitel.

Dem Angeklagten wurde ein Stuhl gebracht und er setzte sich dem Richter gegenüber.

Lautlose Stille herrschte, und das Verhör begann.

Zuerst wurden die Zeugen vernommen, welche schon vor dem Todtenbeschauer ihre Aussagen abgegeben hatten.

Sie wiederholten: daß der alte Mann am Weihnachtsabend bald nach dem Abendessen gegen neun Uhr zu Bett gegangen sei, daß die Personen, welche er zuletzt gesehen, Mr. Mostyn und Miß Alice Owen gewesen wären; ersterer sei um zehn Uhr weggeritten und Miß Alice sei kurz darauf in Mr. Hugh Horne's Schlafzimmer gekommen und habe den alten Herrn ruhig schlafend verlassen. Gegen zwei Uhr nach Mitternacht seien der Intendant und die Hausleute durch Miß Alice's Geschrei aus dem Schlafe geschreckt worden und erfuhren, daß etwas Schauerliches im Hause vorgefallen sei; Miß Alice war aber so bestürzt und verworren, daß sie eine weitere Auskunft zu geben nicht im Stande war. Als sie in Mr. Horne's Schlafzimmer traten, sahen sie ihn in seinem Blute auf der Erde liegen. In der Verwirrung war Miß Alice verschwunden, konnte auch nicht so bald aufgefunden werden, um vor dem Todtenbeschauer zu Protokoll vernommen zu werden.

Als man sie später fand, war sie in einem Zustande völliger Geistesabwesenheit; mehrere Wochen hindurch schwebte sie zwischen Leben und Tod. Alle Zeugen stimmten darin überein, daß Miß Alice Owen allein die genügenden Aufklärungen zu geben im Stande wäre.

Der Richter beauftragte einen der Beisitzer, eine Vorladung auszustellen, welche der Miß Alice Owen durch einen Gerichtsdiener überbracht werden sollte.

Nun entstand aber die weitere Frage, wo Miß Alice finden?

Einer der Zeugen gab hierüber Aufschluß und sagte, sie sei im Hause des Doctor Horne.

Hierauf entgegnete der Doctor, daß Tags vorher Miß Alice sein Haus auf eine sehr geheimnißvolle Weise verlassen habe, seit welcher Zeit man nichts von ihr gehört hätte.

In Folge dieser Aussage befahl der Richter, es möchten betreffs ihrer die nöthigen Nachforschungen angestellt werden. Mittlerweile sollte das Verhör seinen Gang nehmen. Bisher hatte noch kein Zeuge gegen den Gefangenen ausgesagt. Man sah sich schon verwundert an, da rief der Gerichtsadjunct:

„John Hounsloe!"

Auf diese Aufforderung trat ein kleiner Mann mit einem sonnverbrannten Gesichte, der im ganzen Bezirke als ein echter Nimrod bekannt war, hervor.

Alle drängten sich näher an den Gerichtstisch heran, um deutlicher zu hören, was dieser neue Zeuge, welcher bei des Todtenbeschauers erstem

10*

Verhör nicht vernommen worden war, aussagen
werde.

Nachdem ihm der Eid abgenommen worden war,
sagte der Richter zu ihm:

„Seid so gut, Hounsloe, und sagt uns nach
bestem Wissen und Gewissen, was Ihr über den vor=
liegenden Fall wißt.“

Der Zeuge kratzte sich hinter dem Ohre, war
etwas verlegen und schien mit der Sprache nicht
heraus zu wollen.

„Nun, was wißt Ihr?“ fragte der Richter noch
einmal.

„Ich weiß nicht mehr und nicht weniger,“ ant=
wortete John Hounsloe, „als was ich Euer Gnaden
schon gesagt, als ich die Kleider brachte.“

„Ganz gut, aber wiederholt nur Eure erste Aus=
sage vor dem versammelten Gerichte.“

Gerald Mosthn sah den Alten mit Neugier und
Staunen an. Alle horchten mit gespanntester Auf=
merksamkeit.

Der Zeuge sah sich überall um, räusperte sich,
dann sagte er:

„Gestern ging ich mit meinen Hunden auf die
Jagd im Walde von Horne's Hole, gerade dorthin,
wo die zwei Berge zusammentreffen. Es war schon
ziemlich spät geworden, und ich hatte alle Ursache,
mit meiner Beute zufrieden zu sein, da dachte ich
nach Hause — ich wohne auf der andern Seite der
Berge. Ich wollte eben die Hunde zurückrufen, da
bemerkte ich, wie einer von ihnen fest vor einem

Felsenriß stand. Ich dachte, er wittere ein Wild,
spannte den Hahn meines Gewehrs und schlich mich
heran — der Hund wimmerte aber nur, er gab
keinen rechten Laut von sich und kratzte mit den Vor=
derfüßen, als wollte er unter dem dürren Laube
etwas hervorscharren. Ich dachte, es müsse in dem
Risse ein größeres Wild liegen, denn auch der zweite
Hund, der inzwischen zugekommen war, gab einen
scharfen Laut. Die schwache Ladung aus meiner
Flinte ziehen und eine schärfere einladen, war bei
mir das Werk eines Augenblicks. Ich stellte mich
auf den Anstand und wartete; aber es rührte sich
nichts, und die Hunde hörten doch nicht auf anzu=
schlagen. Da fiel ein Stück Fels herab, dann ein
zweites. Der erste Hund, der Vorstehhund, den ich
von Doctor Horne gekauft habe, kroch nun bis zum
halben Leib in das Loch und zog etwas heraus.
„Das ist kein Wild, das ist auch nichts Lebendiges,“
sagte ich zu mir selbst. Jetzt machte der Hund einen
gewaltigen Riß und brachte ein Bündel heraus=
gezerrt. Ich nahm das Ding dem Hunde ab,
machte es auf und sah, daß es ein ganzer Anzug
war. Ich ging eben mit mir zu Rathe, ob ich das
Bündel mit mir nach Hause nehmen oder wieder
zurücklegen sollte, damit es der Eigenthümer, im
Falle er zurück käme, wieder finden möge, da be=
merkte ich, daß der Aufschlag des rechten Aermels
mit etwas überzogen war, was wie rothes Wachs
aussah, an der rechten Seite des Rockes und an dem
rechten Beine des Beinkleides gerade über dem Knie

waren eben solche dunkelrothe Flecken zu sehen. Ich erschrak gar sehr darüber, obgleich ich nicht wußte, was das war. Ich durchsuchte die Taschen, da fand ich in einer der Brusttaschen des Rockes ein Paket. Ich machte es auf, es war ein altes Document, das ich aber, der ich sehr wenig Studien gemacht habe, zu entziffern nicht im Stande war. In den anderen Taschen nachsuchend, fand ich ein altes verrostetes Rasirmesser und ein weißes Taschentuch, welches ebenfalls mit einer braunrothen Masse ganz zusammengeklebt war, die Buchstaben konnte ich nicht erkennen. Endlich fand ich noch ein kleines Notizbuch mit Elfenbeinblättern und einem Deckel aus Schildkrötenschale, beschrieben mit griechischen oder lateinischen Buchstaben. Wie ich so alle diese Dinge betrachtete, besonders aber beim Anblicke der fleckigen Kleider und des verrosteten Rasirmessers, fiel mir der an Mr. Hugh Horne verübte Mord ein, auch erinnerte ich mich, daß man bei dieser Gelegenheit von einem Documente sprach, das nicht zu finden war. Es wurde mir immer klarer, daß diese Gegenstände mit dem gräßlichen Morde im Zusammenhang stehen dürften, ich packte also Alles wieder zusammen, rief meine Hunde und ging, so schnell mich meine Füße tragen mochten, über Stock und Stein hieher, wo ich Alles dem Constabler Mac Nab übergab. Dieser untersuchte die ihm von mir überbrachten Gegenstände genauer, und er wird hierüber weiteren Aufschluß zu geben im Stande sein." So schloß der Zeuge seine Aussage.

Man kann sich kaum eine Vorstellung machen, mit welcher Aufmerksamkeit alle Anwesenden den Worten John Hounsloe's folgten.

Gerald Mostyn verwendete kein Auge von dem alten Jägersmann, und wer ihn aufmerksam beobachtet hätte, würde wohl bemerkt haben, wie er bei der Erzählung von der Entdeckung der Kleider und der darin vorgefundenen Gegenstände die Farbe wechselte.

Constanze, welche links ein wenig hinter ihrem Gatten saß, verschlang so zu sagen jedes Wort, welches aus dem Munde Hounsloe's kam.

Der Oberst North stand mit gekreuzten Armen und finsterer Stirn da.

Mr. Osborne, welcher neben Constanzen und unmittelbar hinter dem Angeklagten Platz genommen hatte, bückte sich herab und flüsterte Mr. Mostyn in's Ohr:

„Das ist Alles recht wichtig und interessant, aber ich sehe noch immer nicht ein, was das mit der Schuld oder Unschuld unseres Freundes zu thun haben soll ..."

Bevor aber Constanze darauf antworten konnte, sagte der Richter zu dem Zeugen:

„Ihr könnt Euch jetzt setzen, John Hounsloe, es sei denn, daß der Angeklagte eine Frage an Euch zu stellen hätte."

Mr. Mostyn verneigte sich gegen den Richter und sagte:

„Für den Augenblick noch nicht."

„Mac Nab!" rief jetzt der Gerichtsadjunct.

Ein großer stämmiger Mann mit rothen Haa=
ren trat vor. Nachdem auch er beeidigt war,
sagte er:

„Gestern um sieben Uhr Abends kam der letzte
Zeuge in mein Haus und brachte das Bündel Klei=
der, die er eben beschrieben, und über deren Auf=
finden er mir dasselbe sagte, was er eben hier zu
Protokoll gegeben. Wir untersuchten die Kleider
und die in den Taschen vorgefundenen Gegenstände.
Aus den Kleidern konnten wir nichts entnehmen,
aber das Taschentuch war mit G. R. M. gezeichnet."

„Mein Gott!" rief Constanze halblaut aus; faltete
die Hände und wurde leichenblaß.

Der Angeklagte hörte diese Aussage mit aller
Ruhe an. Wie gesagt, nur bei Vorzeigung der
Kleider verrieth er eine heftige Bewegung.

Der Oberst sah noch finsterer aus.

Mr. Osborne sagte ganz leise zu Constanzen:

„Was beweisen diese Buchstaben? Kann es nicht
mehrere Leute geben, welche ihre Taschentücher so
gezeichnet haben, und gesetzt auch, dieses Taschen=
tuch gehörte wirklich Mr. Mostyn, kann es der
Mörder nicht absichtlich zu einem so schändlichen
Zwecke entwendet haben, um den Verdacht von sich
abzulenken?"

Der Zeuge fuhr fort:

„Zunächst untersuchten wir das Rasirmesser; auf
der Schale war der Name „Mostyn" eingravirt."

Ein leiser Schrei entfuhr Constanzens Brust,

ein bedeutſames Gemurmel gab ſich unter der Ver=
ſammlung kund.

„Dann beſahen wir das Notizbuch; auf dem
Deckel war ein ſilbernes Blättchen angebracht, wor=
auf ein Lorbeerkranz gravirt war mit der Inſchrift:
„Conſtanze ihrem Gerald.” Endlich entfalteten wir
das Document; es war Mr. Horne’s Teſtament, zu
Gunſten ſeines Neffen, des Doctor Horne, ausge=
ſtellt, welchen er zu ſeinem Univerſalerben einſeßte.
Wir packten Alles wieder zuſammen und überbrachten
es Eurer Herrlichkeit, auf Grund deſſen der Ver=
haftsbefehl gegen Gerald Moſtyn ausgefertigt wurde.
Das iſt Alles, was ich zu ſagen habe.”

Gerald hörte dieſe furchtbaren Enthüllungen mit
ſtaunenswerther Ruhe an. Auch Conſtanze ſaß
ruhig und gefaßt da.

Der Oberſt biß ſich in die Lippen und ſprach
kein Wort.

Mr. Osborne neigte ſich zu ihm hin und ſagte:

„Allerdings eine ſehr umſtändliche Zeugenaus=
ſage. Aber obwohl ich kein Rechtskundiger bin, ſo
durchſchaue ich doch dieſes Gewebe. Der Mörder
war auch ein Räuber und ſtahl die Gegenſtände,
welche in den Taſchen gefunden wurden.”

Des Oberſten Geſichtszüge heiterten ſich bei
dieſem Hoffnungsſtrahl wieder in etwas auf; aber
das Verhör wurde fortgeſetzt und ſeine Aufmerkſam=
keit dadurch natürlich wieder in Anſpruch genommen.

„Legt die fraglichen Gegenſtände auf den Tiſch,”
ſagte der Unterſuchungsrichter.

Der Constabler ging ein paar Schritte zurück, nahm dem Gerichtsdiener das Bündel aus der Hand und legte es vor dem Richter auf den Tisch; dann öffnete er es und nahm daraus die blutbefleckten Kleider und die von den beiden letzten Zeugen er= wähnten Gegenstände.

„Mr. Horne," sagte der Richter, „wollen Sie vortreten."

Der Doctor stand auf und trat vor den Tisch. Er schien sehr bewegt.

„Doctor Horne, haben Sie jemals diese Kleider gesehen?"

„Ja," antwortete der Gefragte mit leiser Stimme.

„Sagen Sie uns gefälligst, in wessen Besitz und bei welcher Gelegenheit sahen Sie diese Kleider?"

„Ich habe diesen Anzug nur einmal gesehen. Mr. Mostyn trug ihn beim Mittagsmahle am Christ= tage, welches Mr. Hugh Horne seinem Enkel zu Ehren gegeben."

Entsetzlich war die Wirkung, welche diese Aus= sage auf alle Anwesenden hervorbrachte. Der Oberst wendete sich ab. Selbst Mr. Osborne verstummte. Nur Gerald und Constanze behielten ihre Fassung bei.

„Bedenken Sie, Mr. Horne, daß Sie Ihre Aus= sage werden beschwören müssen," nahm der Richter wieder das Wort. „Sind Sie gewiß, daß dieser Anzug wirklich derselbe ist, den Mr. Mostyn bei Gelegenheit des Mittagsmahles am Christtage trug?" —

„Ich bin dessen ganz gewiß," sagte Doctor Horne.

„Ich möchte, wenn es erlaubt ist, dem Zeugen eine Frage stellen," sagte Mr. Mostyn, indem er sich von seinem Sitze erhob. „Sprechen Sie," erwiderte der Richter.

Gerald wendete sich gegen den Zeugen, sah ihm scharf in's Auge und sagte:

„Doctor Horne, wollen Sie meine Frage beantworten: War es beim Mittagsmahle am Christtage wirklich das letzte Mal, daß Sie diese Kleider sahen?"

„Ja," antwortete Mr. Horne mit aller Bestimmtheit, „es war das erste, das letzte und das einzige Mal, daß ich diese Kleider zu Gesicht bekam, bis ich sie jetzt hier auf dem Tische liegen sehe."

„Haben Sie noch eine andere Frage an den Zeugen zu stellen?" fragte der Richter den Angeklagten.

„Für diesmal, nein."

„Sie können abtreten, Mr. Horne."

Der Zeuge trat zurück.

Es erfolgte eine kleine Pause. Endlich sagte der Richter:

„Mr. Mostyn, Sie haben vernommen, was die Zeugen gegen Sie ausgesagt; was haben Sie zu Ihrer Vertheidigung anzubringen?"

Gerald erhob sich langsam von seinem Sitze, er warf einen ermunternden Blick auf Constanze, trat vor den Richter und sagte:

„Die Verhaftung in Folge der gegen mich vorgebrachten Anschuldigung erfüllte mich mit dem ge=

rechteſten Staunen. Man ſollte beinahe glauben, es ſchließe mein früherer untadelhafter Lebenswandel ſchon an und für ſich die Widerlegung einer ſolchen Anſchuldigung in ſich, allein die Anklage iſt — dem Anſcheine nach — durch ſo überführende Beweis= mittel erhärtet, daß ich nicht länger anſtehen darf, auf Thatſachen hinzuweiſen, welche vielleicht einiges Licht auf dieſe Angelegenheit werfen dürften. Eure Herrlichkeit mögen hieraus die weiteren Folgerungen ziehen.“

Hier hielt der Angeklagte einen Augenblick inne. Der Oberſt ſetzte ſich neben Conſtanzen. Mr. Os= borne ſchöpfte wieder einige Hoffnung. Nun fuhr Mr. Moſtyn fort:

„Vor Allem ſehe ich mich bemüſſigt, dem hohen Gerichtshofe Rechenſchaft zu geben, in welcher Weiſe ich meine Zeit zugebracht von dem Augenblicke an, als ich meinem Großvater, Mr. Horne, Lebewohl ſagte, bis zu jenem, wo ich die Nachricht von ſeinem Tode erhielt. Um zehn Uhr in beſagter Nacht em= pfahl ich mich von dem alten Herrn und ging in das an ſein Schlafgemach anſtoßende Zimmer, wel= ches mir für die Zeit meines Aufenthalts in Horne’s Hole zur Verfügung geſtellt war; dort wechſelte ich meine Kleider gegen einen paſſen= deren Reiſeanzug. In der Eile, denn es war ſchon ſpät geworden, nahm ich nur meine Börſe und mein Federmeſſer aus den Taſchen heraus. Da ich ohnedies verſprochen hatte, in wenigen Tagen wieder nach Horne’s Hole zu kommen, wollte ich mich nicht mit einem schweren Reisesack belasten, ich hing daher meine Kleider, in welchen ich un= vorsichtigerweise mein Notizbuch, ein Sacktuch und vielleicht noch andere Klei= nigkeiten gelassen hatte, an einen Nagel, damit ich sie bei meinem nächsten Besuche gleich wieder zur Hand hätte. Dann warf ich einen weiten Mantel um und ging durch das Parlour, wo ich von Miß Alice Abschied nahm, nach dem Vorhause und von da in den Hof, wo ich ein Pferd bestieg und so schnell, als es die Berg= wege zuließen, gegen Beafton ritt."

Hier unterbrach sich Mr. Mostyn ein zweites Mal und sah kummervollen Blickes auf Constanze, doch bald ermannte er sich und fuhr fort:

„Ich gestehe, daß während des ganzen Rittes und schon während des vorhergegangenen Nachmit= tags und Abends sich tausend Gedanken in meinem Kopfe kreuzten. Ich mochte also schon ein paar Stunden geritten sein, als ich zu meinem großen Schreck bemerkte, daß ich auf dem Kamin meines Zimmers in Horne's Hole ein sehr wichtiges Do= cument liegen gelassen hatte, an dessen Besitz mir unendlich viel gelegen war. Ich kehrte also um, und auf meinem Rückritt traf ich mit dem Boten zusammen, welcher mir die Nachricht von dem an meinem Großvater verübten gräßlichen Morde über= brachte. Es ist wohl begreiflich, daß ich über diese Kunde alles Andere vergaß. Ich gab meinem Pferde die Sporen, und fort ging es bergab und

bergauf in saufendem Galopp, bis ich den Schreckens=
ort erreicht hatte, wo der schauerliche Anblick des
Gemordeten nur zu sehr die Wahrheit der Hiobs=
post bestätigte."

Eine dritte Pause erfolgte in der Aussage des
Angeklagten. Von mehreren Seiten hörte man die
sonderbarsten Aeußerungen: „Eine sehr scharfsinnige
Erklärung! Keine genügende Widerlegung! — Wird
wohl nur so erzählt sein! — Fehlen die Beweise"
u. dgl. m. lispelten sich die Zuhörer in die Ohren.

„Daß ich in Mitte all' der aufregenden Scenen,
welche diesem traurigen Falle folgten," nahm nun Mr.
Mostyn wieder das Wort, „an nichts Anderes dachte,
als eben an diesen traurigen Fall, wird mir wohl
geglaubt werden. Es war auch wirklich erst spät
am Nachmittag, als ich mich an das wichtige Do=
cument erinnerte, um deswillen ich zurückgeritten war,
und welches ich auch dort wiederfand, wo ich es
gelassen hatte. Erst ein paar Tage später vermißte
ich meine Kleider, welche ich im Zimmer zurückgelassen
hatte und, da ich Trauerkleider angezogen hatte,
auch nicht brauchte. Natürlich dachte ich, sie seien
verlegt worden; da sie aber trotz alles Suchens nicht
zu finden waren, mußte ich glauben, sie seien ge=
stohlen worden, entweder von einem der Diener oder
von einem der vielen Fremden, welche zu jener Zeit
das Haus förmlich belagerten. Da ich aber so viele
andere wichtige Angelegenheiten zu besorgen hatte,
dachte ich gar nicht mehr weiter an die vermißten
Kleider. Allein die Auffindung derselben unter so

höchst räthselhaften Umständen und Verwickelungen zwingt mich, aus dem Diebstahle der Kleider eine weitere Folgerung zu ziehen und zu vermuthen, daß der, welcher den Mord begangen, auch die Kleider gestohlen habe, theils um den Verdacht von seiner eigenen Person abzulenken, theils um das Verbrechen einer andern Person zuzuschieben. Was das anfänglich vermißte Testament anbelangt, welches sich dann doch in der Tasche des Rockes vorfand, so kann ich hierüber keinen Aufschluß geben, es sei denn auf die Hypothese hin, daß es auch von dem Mörder gestohlen wurde. Nun habe ich Alles gesagt, was ich über diesen Gegenstand zu sagen habe.“

Mit diesen Worten schloß Mr. Mostyn seine Aussage, verneigte sich vor dem Richter und nahm wieder seinen Sitz ein.

Nach einer kleinen Pause, und nachdem sich das Geflüster unter den Anwesenden gelegt hatte, ergriff der Vorsitzende das Wort.

„Mr. Mostyn,“ sagte er, „gegen Ihre Vertheidigung läßt sich allerdings nichts einwenden, aber es fehlen die Beweise, und so lange diese nicht beigebracht sind, erheischt es meine traurige Pflicht, Sie vor die Assisen zu laden, welche eben jetzt hier tagen.“

Als Mr. Mostyn darauf nichts erwiderte, wendete sich der Präses gegen den Gerichtsschreiber und sagte ihm etwas in's Ohr, worauf dieser die Feder ergriff und ein Blanket ausfüllte.

„Fürchte nichts, mein Engel,“ flüsterte Gerald Constanze zu, welche wie versteinert und kaum ihrer

Sinne mächtig da saß, „denn Gott ist mit den Un=
schuldigen!"

Der Oberst und Mr. Osborne hielten abseits
ein kurzes Zwiegespräch, dann traten sie zu dem
Richter und boten jede mögliche Bürgschaft für den
Gefangenen an; sie wurden aber dahin beschieden,
daß das Gesetz bei Verbrechen, worauf die Todes=
strafe stehe, keine Bürgschaft zulasse.

Nach einer längeren, aber erfolglos gebliebenen
Unterredung mit dem Vorsitzenden zogen sich die
beiden Herren zurück.

Der Gerichtsschreiber legte das nun ausgefüllte
Blanket dem Präses vor, dieser unterschrieb es und
händigte es dem Gerichtsdiener ein mit den Worten:

„Führt den Gefangenen ab."

Der Richter und die Beisitzenden standen auf,
die Sitzung wurde vertagt.

Ende des ersten Bandes.

Druck von G. Pätz in Naumburg.